Dorothy und Thomas Hoobler

Samurai Secrets

Die Rache des Feuerdämons

Dorothy und Thomas Hoobler sind preisgekrönte Verfasser von mehr als 50 Büchern für Kinder und Erwachsene. Mit ihrer Japan-Krimi-Reihe „Samurai Secrets“ haben sie die Herzen von Fans auf der ganzen Welt erobert. Die Reihe wurde unter anderem zweimal für den Edgar Allan Poe Award nominiert. Auf ihrem Blog seikeiworld.blogspot.com posten sie spannende Hintergrundinformationen zur Serie und Interessantes über die Kultur Japans. Die Hooblers leben in Manhattan.

Dorothy und Thomas Hoobler

侍

SAMURAI SECRETS

DIE RACHE DES FEUERDÄMONS

Zweiter Band

Aus dem amerikanischen Englisch
von Yvonne Hergane

Ravensburger Buchverlag

Als Ravensburger Taschenbuch
Band 58479
erschienen 2015

FSC
www.fsc.org
MIX
Aus verantwortungsvollen Quellen
FSC® C114500

1 2 3 4 5 E D C B A

Ungekürzte Ausgabe

Die amerikanische Originalausgabe erschien 2001
unter dem Titel „The Demon in the Teahouse“
bei Philomel Books, a division of
Penguin Putnam Books for Young Readers,
New York.

Dieses Werk wurde vermittelt durch die
Literarische Agentur Thomas Schlück GmbH,
30827 Garbsen.

Umschlaggestaltung: Martina Eisele unter Verwendung von Fotos von depositphotos/leopolis (Vadim Savchuk) und GettyImages/Asia Images

Printed in Germany
ISBN 978-3-473-58479-6

www.ravensburger.de

Unserer Tochter Ellen

Inhalt

Vorwort 9
Das Geheimnis von Kyudo 11
Die Geschichte der Seidenhändlerin 22
Tod im Teehaus 37
Die Prophezeiung der Wahrsagerin 50
Seikei, der Dieb 61
Und noch ein Dieb 74
Eine merkwürdige Begegnung 85
Ein ungebetener Gast 97
Ein Unglück kommt selten allein 109
Gefangen 124
Geschenke für die Geisha 135
Eine Warnung wird in den Wind geschlagen 148
Die Geschichte des Diebes 159
Der Tempel von Kannon 170
Umaes Geheimnis 180

Die Augen des Dämons 190
Im Feuer 198
Anschauungsunterricht 209
Nachwort der Autoren 217

Vorwort

Vor beinahe drei Jahrhunderten war Edo, der Sitz der japanischen Militärregierung, die größte Stadt der Welt. Dort lebte, in einem riesigen steinernen Palast, der Shogun Yoshimune, Japans achtes Staatsoberhaupt aus der Familie Tokugawa.

Der erste Tokugawa-Shogun, Ieyasu, war an die Macht gekommen, indem er seine Feinde im Kampf besiegt hatte. Seine Nachkommen wussten, dass sie ihre Position womöglich verlieren würden, wenn sie zuließen, dass Rivalen zu mächtig wurden. Daher war der Palast des Shoguns von einem Netz aus Flüssen und Wassergräben umgeben, das ihn gegen jegliche Angriffe schützen sollte. Außerdem verlangte der Shogun, dass alle Fürsten des Reiches, die Daimyos, jedes zweite Jahr in Edo verbrachten, wo er sie besser im Auge behalten konnte. Er ernannte auch besondere Beamte, deren einzige Aufgabe darin bestand, andere auszuspionieren.

Wie alle Mitglieder der Oberschicht Japans waren auch die Tokugawas Erbkrieger Samurai. Sie wurden von Geburt an in allen Kriegskünsten unterrichtet, waren aber genauso stolz auf ihre künstlerischen Fähigkeiten. Von einem gut ausgebildeten Samurai erwartete man, dass er sowohl in der edlen Kunst des Blumenarrangierens als auch in der Leitung einer Teezeremonie und im Verfassen von Gedichten zu Höchstleistungen fähig war.

Ein echter Samurai folgte einem Ehrenkodex und war seinem Herrn treu bis in den Tod. Normalerweise wurden Samurai in die außergewöhnliche Rolle, die sie in der Gesellschaft einnahmen, hineingeboren, doch in Ausnahmefällen kam es auch vor, dass jemand aus einer niedrigeren Schicht in eine Samurai-Familie adoptiert wurde. So erging es auch dem vierzehnjährigen Seikei, dem Sohn eines Händlers aus Osaka. Mit Mut, Geschick und Glück erfüllte er eine Aufgabe, die Richter Ooka, einer der verdientesten Gefolgsleute des Shoguns, ihm gestellt hatte. Daraufhin nahm der kinderlose Richter Seikei an Sohnes statt an. Nun oblag es dem Jungen, sich des Richters würdig zu erweisen und dieser Herausforderung gerecht zu werden.

* **J** wird wie »dsch« ausgesprochen, **z** wie »s«, **ch** wie »tsch« und **ei** wie ein langes »ä« mit einem schwachen i-Nachklang.

Das Geheimnis von Kyudo

*Seikei*visierte das Ziel an, den Bogen bereit. Er setzte die Kerbe des Pfeils auf die harte Sehne des Bogens und als er ihn spannte, zitterten seine Armmuskeln kaum merklich im Bemühen, das Gerät gerade und ruhig zu halten. Das Blut pochte in seinen Schläfen. Seikei holte tief Luft, zielte genau und entließ den Pfeil auf seine Reise.*

So mühelos wie ein Vogel, der im Dämmerlicht zu seinem Nest strebt, sirrte der Pfeil durch die Luft – und durchbohrte punktgenau sein Ziel.

So zumindest hatte Seikei sich das ausgemalt, als er noch ein Händlersohn gewesen war und zugesehen hatte, wie Samuraikrieger ihr Können als Bogenschützen erprobten. Damals hatte es so leicht ausgesehen. Doch beim ersten Mal, als Seikei es selbst versucht hatte, war der Pfeil so ziellos durch die Luft getrudelt wie ein Blatt, das vom Baum fällt. Nicht nur hatte er das Ziel verfehlt, nein, er war schon weit vorher abgestürzt.

Das war nun bereits einige Wochen her, doch Seikeis Leistung hatte sich seither nur wenig verbessert. Bunzo, sein Lehrmeister, war die Geduld in Person. Nicht aus reiner Freundlichkeit, wie Seikei wusste. Bunzo war geduldig, weil er damit seinen Respekt für Richter Ooka, seinen Herrn, bezeugte, der Seikei adoptiert und ihm damit die einmalige Möglichkeit gegeben hatte, all die Fertigkeiten eines Samurai zu erlernen.

Langsam ging Bunzo noch einmal die acht Schritte durch, die man beim Abschießen eines Pfeils durchlaufen musste. Seikei versuchte angestrengt, es ihm Schritt für Schritt nachzumachen, doch Bunzo schüttelte den Kopf.

»Was mache ich nur falsch?«, fragte Seikei.

Bunzo holte tief Luft – um seinen Ärger zu unterdrücken, das war Seikei klar. »Du denkst zu viel nach«, sagte er.

Seikei senkte den Kopf. Ja, es stimmte. Er konzentrierte sich so sehr darauf, jeden einzelnen Schritt richtig zu machen, dass er das Ganze einfach nicht hinbekam.

»Ein Samurai muss die Wege eines Kriegers befolgen«, belehrte Bunzo den Jungen.

Seikei vervollständigte die Lehrsätze im Kopf: »Nicht zusehen – werden. Nicht denken – sein.« Wenn Seikei immer darüber nachdachte, was er tat, würde er nie in der Lage sein, richtig zu handeln. Kyudo – die Kunst des Bogenschießens – war nicht einfach eine

Technik, die man erlernen konnte, sondern auch eine Denkweise.

»Es wird vermutlich mit jeder Übungseinheit besser werden«, sagte Bunzo, aber er klang nicht besonders überzeugt.

»Wie lange habt Ihr geübt«, fragte Seikei, »bis Ihr die Kunst des Kyudo beherrscht habt?«

»Im Alter von drei Jahren habe ich das erste Mal einen Bogen gespannt«, sagte Bunzo. »Aber den ersten Pfeil abgeschossen erst mit knapp vier.« Er sah seinen Schüler finster an. »So viel Zeit hast du nicht.«

Seikei verstand. Die ersten dreizehn Jahre seines Lebens war er der Sohn eines Teehändlers gewesen. Was bedeutete, dass er selbst auch dazu ausersehen war, Kaufmann zu werden. Und seine Kinder würden zu ihrer Zeit auch wieder Kaufleute werden. So waren die Dinge eben geregelt. Mit der Geburt wurde der Platz eines Menschen im Gefüge der Gemeinschaft festgelegt: als Samurai, als Bauer, als Kunsthandwerker oder als Händler. Letztere befanden sich auf der untersten Stufe der Gesellschaft, denn Händler verkauften nur, was andere erschufen. So lautete nun einmal die Ordnung aller Dinge und sie in Unordnung zu bringen bedeutete, die Zerstörung der Gesamtheit zu riskieren.

Doch Seikei hatte sich schon immer danach gesehnt, ein Samurai zu sein. Ein törichter Traum, das wusste er. Aber von Kindesbeinen an konnte er an kaum etwas anderes denken als an die Heldentaten, die die Samurai in der Vergangenheit vollbracht hatten. Aus Büchern hatte er sich ihre Ideale angeeignet, und er schrieb sogar Gedichte, so, wie edle Samurai – etwa der berühmte Basho – es eben taten.

Und dann ... hatten die Kami, die Götter, Seikei ihren Segen zuteilwerden lassen. Er war Zeuge eines Verbrechens geworden. Als Richter Ooka vor der Aufgabe stand, den Raub eines kostbaren Edelsteins aufzuklären, waren Seikeis Informationen sehr nützlich gewesen. Der Richter hatte ihn daraufhin weiter auf die Probe gestellt und auf die Suche nach dem Dieb geschickt.

Das Ganze war nicht ungefährlich gewesen, doch Seikei hatte seinen Auftrag erfüllt. Der Richter hatte ihn daher für würdig befunden und ihn auf die einzig mögliche Weise zum Samurai gemacht: indem er ihn als Sohn adoptierte.

Seikeis Vater, der Teehändler, war überrascht gewesen, aber keineswegs unangenehm. Ein Sohn, der das Gedichteschreiben dem Kauf und Verkauf von Tee vorzog, war für ihn ohnehin von wenig kaufmännischem Nutzen gewesen. Hachi, Seikeis jüngerer Bruder, war viel besser dazu geeignet, das Familiengeschäft zu übernehmen. Seikeis Vater hatte sich schließlich sogar bereit erklärt, die Adoption des Jungen mit einem angemessenen Geschenk – einer Kiste mit feinem Tee – zu besiegeln.

Schon bald darauf hatte Seikeis Ausbildung begonnen. Jetzt zu versagen wäre ein Beweis dafür, dass es für einen Händlersohn eben doch unmöglich war, in den Rang eines Samurai aufzusteigen. Schlimmer noch – er würde Richter Ooka Schande bereiten. Und wenn er seinen Herrn entehrte, blieb Seikei nur noch eine einzige ehrenhafte Tat: Seppuku begehen, Selbstmord.

»Entferne das Ziel«, befahl Bunzo.

So plötzlich aus seinen Gedanken gerissen, war Seikei nicht sicher, ob er richtig gehört hatte. »Ich bin bereit weiterzuüben«, sagte er.

»Das wirst du auch«, erwiderte Bunzo. »Aber jetzt geh erst mal und hol den Strohballen hierher.«

Vorsichtig ging Seikei zu dem zylinderförmigen Ballen aus gepresstem Stroh, der auf dem Übungsplatz aufgestellt war. Bunzo hatte eine Zeichnung von einem wild dreinblickenden Dämon daran befestigt, um Seikei zu motivieren. Der Dämon hatte Hörner, blutrote Augen und ein irres, zahnloses Grinsen, das den Eindruck vermittelte, als mache er sich über die mäßige Trefferquote des Jungen lustig.

Die Haut an Seikeis Nacken prickelte bei dem Gedanken, dass Bunzo vielleicht beschlossen haben könnte, die Ehre des Richters eigenhändig zu retten.

Ein Pfeil, von Bunzos Hand abgeschossen, würde sein Ziel niemals verfehlen, er würde jedes angepeilte Körperteil mühelos durchbohren.

Seikei holte tief Luft. Er durfte sich jetzt keinesfalls umdrehen. Im Angesicht des Todes musste man als Samurai gelassen bleiben, erinnerte er sich. Ehre war wichtiger als Tod, denn der Tod ereilte jeden irgendwann, unausweichlich. Wenn es ihm also bestimmt war, heute zu sterben, dann würde er dies in Erfüllung seiner Pflicht hinnehmen.

Doch als er das Ziel lebend erreicht hatte, atmete er erleichtert auf. Bunzo hatte offenbar beschlossen, dass es noch Hoffnung für ihn gab.

Seikei hob den Strohdämon hoch, zwei Getreidebündel, die mit dünnen Schnüren zusammengebunden waren. Wäre der Dämon echt gewesen, dann hätte er Seikei sicher längst verschlungen, lange bevor Seikeis Pfeile ihn auch nur gestreift hätten.

Er trug den Ballen zurück zu der Stelle, an der sein Lehrer wartete. Bunzo bedeutete Seikei, seinen Bogen wieder aufzunehmen und sich zum Schuss aufzustellen. »So«, sagte er, »und jetzt fängst du noch mal an.«

Seikei schob die Kerbe eines Pfeils auf die Bogensehne. Mit der rechten Hand, die in einem dreifingrigen Handschuh mit einem Stück Büffelhorn als Schutz für den Daumen steckte, zog er die Sehne nach hinten. Er konnte den Bogen mittlerweile ein Stückchen weiter spannen als zu Beginn der Ausbildung. Doch nun hatte er statt eines Ziels nur das leere Feld vor sich.

»Worauf soll ich schießen?«, fragte er.

»Auf gar nichts«, sagte Bunzo. »Schieß einfach.«

Seikei drehte leicht den Kopf, sodass der Pfeil sich in gerader Linie mit seinem Mund befand. Dann spannte er die Sehne, bis sein Arm schmerzte, und entließ den Pfeil. Er dachte daran, kurz innezuhalten, um es dem Pfeil zu ermöglichen, seinen richtigen Kurs einzuschlagen.

Diesmal schien sein Geschoss etwas weiter zu fliegen als beim letzten Mal, obwohl es doch kein Ziel gegeben hatte. Bunzo nickte. »Noch mal«, sagte er.

Seikei machte weiter, bis schließlich zehn Pfeile seinen Köcher verlassen hatten. »Nun geh und sammle die Pfeile wieder ein«, befahl Bunzo.

Seikei gehorchte, doch als sein Lehrmeister ihn anwies, die Pfeile erneut abzuschießen, wandte er ein: »Ich verstehe nicht, was von mir erwartet wird.«

Bunzos Augenbrauen schossen in die Höhe und er atmete tief durch. »Du musst gar nichts verstehen«, sagte er mit rauer Stimme.

Seikei nickte matt. Ja, Bunzo hatte Recht. Die Pflicht eines Schülers bestand darin zu gehorchen. Das Ziel der Lektion, sofern es eines gab, würde sich erst später offenbaren. Oder vielleicht auch niemals. Es spielte keine Rolle. Es ging nur darum zu lernen.

Bunzo nahm Seikei die Pfeile aus der Hand und schoss sie schnell, fast ohne Pause zwischen den einzelnen Schüssen, wieder ins Feld. Seikei war tief beeindruckt. Er hatte von den Bravourleistungen früherer Bogenschützen-Samurai gelesen. Von Masatoki etwa sagte man, er habe an einem einzigen Tag mehr als zehntausend Pfeile abgeschossen und mit jedem einzelnen das Ziel getroffen.

»Nun geh und sieh nach, wo die Pfeile liegen«, sagte Bunzo.

Seikei stapfte auf das Feld. Die zehn Pfeile lagen alle an der gleichen Stelle, einer über dem anderen. Ein Schauer lief dem Jungen über den Rücken, und als er wieder zurückkam, verbeugte er sich tief vor Bunzo. »Ich werde nie solch ein Meister werden wie Ihr«, sagte er.

Der schien von dem Kompliment aber keineswegs geschmeichelt zu sein. »Erstens«, sagte er, »bin ich kein Meister. Eines Tages wirst du das erkennen, wenn du einen echten Meister siehst. Und zweitens – wenn du dir selber einredest, dass du nie ein Meister werden kannst, dann bist du bereits besiegt.« Er deutete auf die Pfeile in Seikeis Hand. »Die müssen ein Teil von dir werden, genau wie der Bogen die Verlängerung deines Arms sein sollte. Stell dich hier hin und schieß sie ab. Es gab eine Zeit, da hattest du zwar schon Beine, konntest aber noch nicht laufen. Und dann hast du es gelernt. Genauso verhält es sich mit dem Kyudo.«

Den ganzen restlichen Tag verbrachte Seikei auf dem Bogenschützenfeld. Immer wieder kamen ihm Masatokis zehntausend Pfeile in den Sinn. Er selbst schaffte allerdings nur 820, bevor die Dämmerung hereinbrach. Seikei hätte gerne im Dunkeln weitergemacht, gab es doch ohnehin kein Ziel, das es zu treffen galt. Doch bei Nacht war es schwierig, die Pfeile wiederzufinden. Denn anders als bei Bunzo lagen seine Geschosse keineswegs nahe beieinander.

Schließlich reinigte Seikei die Pfeilspitzen, band die Bogensehne los und verstaute alles sicher. Auf dem

Weg zurück zum Haus des Richters überkam ihn ein merkwürdiges Gefühl. Obwohl er den Bogen doch den ganzen Tag verwendet hatte, war er gar nicht erleichtert, ihn jetzt weglegen zu können. Im Gegenteil, es fühlte sich nicht richtig an, so, als fehle ein Teil von ihm.

Richter Ooka war derzeit in Geschäftsangelegenheiten unterwegs. Normalerweise dienten solche Reisen dazu, gemeldeten Vergehen in seinem Bezirk nachzugehen. Doch diesmal war er wenige Tage zuvor in die Hauptstadt Edo berufen worden. Sich dieser Aufforderung zu widersetzen war undenkbar, denn sie kam vom Shogun persönlich, Japans oberstem Militärführer.

Seikei war dem Befehlshaber ein Mal begegnet, als der Richter um Erlaubnis gebeten hatte, ihn zu adoptieren. Der Shogun war sehr höflich, ja sogar freundlich zu ihm gewesen. Das musste er allerdings auch sein, denn schließlich hatte er zum Tee geladen, und diese Zeremonie verlangte, dass jeder Anwesende wie ein Freund behandelt wurde – selbst wenn es sich nur um den Sohn eines einfachen Teehändlers handelte.

Noka, die Haushälterin des Richters, hatte am heutigen Abend für alle Mitglieder des Haushalts verschiedene Speisen auf Bambustabletts vorbereitet. Bunzo und die anderen drei Samuraiwachen saßen bereits auf dem Boden und aßen. Seikei setzte sich mit gekreuzten Beinen daneben und balancierte sein Tablett auf den Knien.

Noka hielt, genau wie Bunzo, nicht viel von Seikei, aber sie war offenbar der Meinung, sie könne ihn am besten zum Samurai machen, indem sie ihn so üppig wie möglich fütterte. Auf Seikeis Tablett standen Miso-Suppe, die aus Sojabohnen gemacht war, zwei verschiedene Reissorten, eingelegtes Gemüse, etliche Happen angebratener Tofu und – besonders köstlich – ein gedeckter Bambustopf mit gedünstetem Fisch. Wenn Seikei sich die ganze Essenspalette so ansah, konnte er sehr gut verstehen, warum Richter Ooka so dick war.

Seikei nahm die Essstäbchen in die Hand und sah dabei zu einem kleinen Schrein hinüber, der in einer Ecke stand. Darin befand sich ein Gemälde mit dem Bildnis von Ieyasu, dem ersten Tokugawa-Shogun. Der Richter hatte es als Zeichen des Respekts und der Ehrerbietung gegenüber der Familie Tokugawa aufgestellt. Seikei fand, dass Ieyasu noch dicker war als Richter Ooka. Vielleicht gefiel das ja dem Richter, und vielleicht sah das Porträt deswegen auf den Tisch herab, an dem er normalerweise seine Mahlzeiten einnahm.

Plötzlich schaute Bunzo hoch. Obwohl dies eine kaum merkliche Bewegung gewesen war, griffen die anderen Samurai sofort nach ihren Schwertern, die beim Essen neben ihnen lagen. Und erst da hörte Seikei, was Bunzo schon viel früher wahrgenommen hatte – Hufgetrappel.

»Nur ein Reiter«, sagte Bunzo. »Ein Bote.«

Die anderen nickten und nahmen ihre Essstäbchen wieder zur Hand. Einen Augenblick später schob Noka die Tür auf und trat ein. Sie kniete sich vor Bunzo hin und reichte ihm dann eine lackierte Briefschatulle mit dem Wappen des Richters darauf.

Bunzo machte die Schatulle auf, holte ein Stück Papier heraus und faltete es auseinander. Seikei erkannte sogleich die Pinselschrift von Richter Ooka. Bunzo las die Nachricht erst für sich, dann noch einmal laut: »In Edo blühen die Blumen. Kommt sofort mit allen, die verfügbar sind.«

Ohne zu zögern, standen die anderen Samurai auf und verließen den Raum. Bunzo erhob sich ebenfalls und wandte sich an Seikei: »Kannst du schnell genug reiten, um mit uns Schritt zu halten?«

»Ich werde es versuchen«, antwortete Seikei. Er hatte in der Kunst des Reitens Fortschritte gemacht und konnte sich nun auch im Galopp auf dem Pferderücken halten. »Aber … was hat die Nachricht zu bedeuten? Sollen wir mitten in der Nacht losreiten, nur um uns ein paar Blumen anzusehen? Was sind das denn für Blumen?«

»Nein, ›Die Blumen blühen‹ ist eine Redewendung aus Edo«, erklärte ihm Bunzo. »Sie bedeutet, dass die Stadt brennt.«

Die Geschichte der Seidenhändlerin

Nichts, nicht einmal einfallende fremde Samurai-Armeen, fürchteten die Bewohner von Edo mehr als Feuersbrünste. Denn Feuer kam ohne Vorwarnung, oftmals dann, wenn die Stadt schlief, und breitete sich schneller aus als berittene Krieger. Edo war dicht bevölkert und viele der Häuser waren hastig erbaut worden. Sie waren alles andere als stabil und bestanden aus Leichtholz und Papierfenstern. Sobald die Flammen außer Kontrolle gerieten, verschlangen sie die dicht an dicht gebauten Häuserreihen in kürzester Zeit.

Nicht viel anders war es in den übrigen Städten Japans. Seikei musste daran denken, wie oft sein Vater in Osaka jeden im Laden ermahnt hatte, mit Lampen und Kerzen vorsichtig umzugehen. Und selbst nachts, wenn außer dem Küchenfeuer alles ausgelöscht war, hatte Seikei manchmal bemerkt, wie sein Vater von seiner Schlafmatte aufstand, leise durch die Zimmer tippelte und hörbar schnupperte, ob es nicht irgendwo rauchte.

Als Seikei fünf Jahre alt gewesen war, war ein Teil von Osaka abgebrannt. Er erinnerte sich an die übel riechende Dunstwolke, die noch Tage danach über der Stadt hing. Und er hatte einen flüchtigen Blick auf einen Mann erhascht, der mit schweren Verbrennungen in ein Nachbarhaus geschleppt worden war. Seikei hatte erst gedacht, die schwarzen Fetzen, die ihm vom Körper hingen, seien seine zerrissenen, verkohlten Kleider, doch dann wurde ihm klar, dass es die Haut des Mannes war.

Die Gedanken an jene Nacht hielten ihn wach, während er neben Bunzo und den anderen drei Samurai durch die Dunkelheit ritt. Hastig hatten sie die Pferde gesattelt und waren aufgebrochen, wobei sie nichts mitgenommen hatten außer ihren Schwertern und den Kleidern, die sie am Leib trugen. Seikei durfte noch nicht die beiden Schwerter der Samurai führen – ein kurzes und ein langes. Solange er sich noch in der Ausbildung befand, musste er sich mit dem schlichten Holzschwert begnügen, das der Richter ihm einst geschenkt hatte. Es steckte in seinem Obi, dem Gürtel über der dreiviertellangen Hose, die Samurai immer trugen. Nun, da Seikei im Sattel saß, schob das Schwert den Rückenteil seiner Reisejacke hoch, auf der das Wappen des Richters aufgestickt war.

Unter normalen Umständen war Edo einen Tagesritt vom Landwohnsitz des Richters entfernt. Doch jetzt, bei Nacht, war niemand auf der Tokaido-Straße unterwegs, und so kamen Seikei und die anderen viel schneller voran. Seikei war hellwach. Er musste sich stark konzentrieren, um nicht vom Pferd zu fallen. Er wusste, wenn er herunterfiel, würde er allein wieder aufstehen und sein Pferd einfangen müssen. Die anderen würden aus einem solch unwichtigen Grund bestimmt nicht anhalten, denn sie hatten es eilig, dem Befehl ihres Herrn Folge zu leisten.

Wie nahe sie Edo schon gekommen waren, erkannte Seikei, als er den Qualm roch. Er hob den Kopf und blickte gen Osten. Der Mond stand schon am Himmel, und ein schwaches Licht, das Seikei für den ersten Schimmer des Sonnenaufgangs hielt, tauchte am Horizont auf. Doch dann sah er, wie orangerote Zungen sich hochreckten, und ihm wurde klar, dass es der Feuerschein brennender Häuser sein musste.

Die Pferde waren gut ausgebildet, doch sie scheuten sich dennoch, auf den Rauch zuzugaloppieren. Es dauerte nicht lange, bis die Reiter absteigen und ihre Tiere an den Zügeln weiterführen mussten. An der Nihombashi-Brücke ließen sie die Pferde schließlich am Wachthaus zurück.

Aber selbst zu Fuß war es schwierig, die Brücke zu überqueren. Ein Menschenstrom drängte sie in die entgegengesetzte Richtung – Edokkai, Einwohner von Edo, die zu fliehen versuchten. Viele hatten sich ihre Habseligkeiten auf den Rücken geschnallt oder trugen weinende Kinder im Arm.

»Aus dem Weg! Aus dem Weg!«, schrie Bunzo. Doch die Furcht, von den Flammen eingeschlossen zu werden, war größer als der Respekt, der die Menschen unter normalen Umständen sofort den Befehl eines Samurai befolgen ließ. Hätte Bunzo gewollt, hätte er sein Schwert ziehen und sich den Weg durch die Menge gnadenlos frei schlagen können. Doch der Richter lehnte derlei Methoden ab.

Schließlich schafften sie es, die Brücke hinter sich zu lassen. Bunzo führte sie durch dunkle Gassen, um die großen Durchfahrtsstraßen zu meiden, die voller Menschen waren. Es dauerte nicht lange, bis sie in Sichtweite des ersten Feuers kamen. Je näher sie ihm rückten, desto größer wurde die Hitze und schließlich standen sie in der Straße, in der die Flammen am schlimmsten wüteten.

Seikei starrte fasziniert auf den Brand. Die Flammen hatten bereits in mehreren Straßenzügen Häuser und Läden in verkohlte Ruinen verwandelt. Vor seinen Augen leckten sie wieder an einer neuen Häuserreihe. Unzählige brennende Fetzen und Funken stoben in den Himmel. Es sah so aus, als könnte das Feuer jeden Augenblick auf die Straße überspringen, dahin, wo Seikei stand.

Doch ein Trupp eingemummter Gestalten arbeitete eifrig daran, es aufzuhalten. Reihen von Männern mit dicken Lederjacken und Helmen ließen Wassereimer von Hand zu Hand wandern. Diejenigen, die am Ende der Reihen standen – Helden! Das sind Helden!, dachte Seikei –, kletterten Leitern hoch, um die Dächer derjenigen Häuser nass zu machen, die dem

Feuer am nächsten standen. Jedes Mal, wenn die Flammen sich voranzufressen versuchten, verwandelte das Wasser sich mit wütendem Zischen in Dampf.

Ein Stück weiter die Straße hinunter warfen Männer, deren Wappen auf der Uniform sie als Mitglieder der Feuerschutztruppe auswies, Seile mit schweren Metallhaken über die Dächer. Seikei vermutete, dass sie die Häuser niederreißen wollten, bevor die Flammen sie erreichten. Wenn das Feuer keine Nahrung mehr bekam, würde es vielleicht von selbst erlöschen.

Seikei war nicht der Einzige, der auf den Brand starrte. Auch andere Menschen hatten sich versammelt, womöglich Bewohner der nun abgebrannten Gegend. Seikei wusste, warum sie hier standen und auf die Flammen schauten. Einem Feuer haftete, obwohl es doch so zerstörerisch war, auch etwas Kraftvolles, Schönes an. Der Kami des Feuers musste ein schrecklicher Geist sein, wie Susanoo, der Gott des Windes, der Bruder der Sonnengöttin Amaterasu. Susanoo wurde gefürchtet, aber wegen seiner großen Macht auch sehr verehrt.

Seikei sah, wie der glutrote Lichtschein des Feuers sich auf den Gesichtern der Zuschauenden widerspiegelte. Man konnte meinen, sie stünden selbst in Flammen. Einige der Leute weinten. Kein Zweifel, sie hatten ihr Zuhause verloren und alles, was sie besaßen, und wussten nun nicht mehr, wohin.

Als das Feuer auf ein Strohdach übergriff und in einem Flammenmeer aufloderte, streifte Seikeis Blick plötzlich ein ganz anders dreinblickendes Gesicht. Ein freudiger, ja sogar triumphierender Ausdruck lag darin. Seikei war so überrascht, dass er einen Schritt nach vorn machte, um besser sehen zu können.

Doch dann trieb eine Eimerladung Wasser die Flammen für den Moment wieder zurück. Dampf und Rauch trübten die Luft, und als diese sich zerstreuten, war das seltsame Gesicht verschwunden.

Seikei hatte keine Zeit, nach ihm zu suchen, denn schon tauchte eine andere Gestalt – eine sehr viel vertrautere – neben ihm auf. Es war ein Mann, so breit wie zwei normale Männer und zudem überdurchschnittlich groß. Er schritt so langsam und bedächtig voran, als ginge er gemütlich in einem Kiefernwald spazieren.

Es war Richter Ooka, Seikeis Gönner und Adoptivvater. Bunzo, der wachsamer gewesen war als Seikei, stand bereits an seiner Seite und lauschte den Worten des Richters. Von Zeit zu Zeit nickte er.

Seikei beeilte sich, den beiden zu folgen. Als er den Richter eingeholt hatte, hatte Bunzo seine Anweisungen bereits erhalten und machte sich daran, sie auszuführen.

Richter Ooka antwortete mit einem Nicken auf die Begrüßung seines Zöglings. »Ich bin bereit zu helfen«, sagte Seikei.

»Ja«, erwiderte der Richter. »Jeder muss sich einreihen und seine Kräfte zur Verfügung stellen. Zeig mir mal deine Hände.«

Verständnislos hielt Seikei sie hoch, mit den Handflächen nach oben. »Wie ich sehe, hast du Kyudo trainiert«, sagte Richter Ooka. »Machst du denn Fortschritte?«

Seikei senkte den Kopf. »Nicht besonders«, gestand er beschämt.

»Du denkst viel zu viel darüber nach«, meinte der Richter.

»Ja, das sagt Bunzo auch«, erwiderte Seikei. »Aber ich verstehe das nicht. Wie kann es falsch sein, wenn man sich darauf konzentriert, besser zu werden?«

Der Richter rieb sich nachdenklich das Kinn. »Eine gute Frage, mein Junge. Allerdings auch eine Frage, auf die es keine einfache Antwort gibt. Es ist so, dass der Geist den Körper kontrollieren will. Um zur Meisterschaft zu gelangen, muss der Körper aber lernen, sich zu bewegen, *ohne* zu denken. Das Abschießen eines Pfeils – oder überhaupt jede Arbeit, die Geschick erfordert – muss so natürlich und automatisch geschehen wie das Zurückzucken einer Hand vor einer lodernden Flamme. Ein echter Meister erreicht irgendwann das Stadium des Nicht-Denkens, das Muga genannt wird und in dem der Geist dem Körper nicht mehr dazwischenredet.«

»Bunzo hat mich angewiesen, ohne Ziel Pfeile abzuschießen.«

»Das ist ein guter Anfang, Seikei. Aber im Moment gibt es andere Probleme, die unsere Aufmerksamkeit erfordern. Dieses Feuer zum Beispiel. Der Shogun hat mich damit beauftragt, Brände in der Stadt zu verhindern. Vor einigen Jahren habe ich vorgeschlagen, dass jeder Stadtteil eine eigene Feuerschutztruppe bekommen sollte. Türme wurden erbaut, von denen aus Wachen Tag und Nacht nach den ersten Anzeichen von Feuer Ausschau halten. Das System hat bestens funktioniert – bis jetzt, bis zu dieser Feuersbrunst.«

Seikei dachte daran, dass der Shogun den Richter bereits zehn Tage zuvor an seinen Hof in Edo berufen hatte. »Wütet das Feuer schon so lange?«, fragte er.

»Dies ist der dritte Brand, der seit meiner Ankunft ausgebrochen ist«, erklärte Richter Ooka. »Und vergangene Woche hat es schon mal zwei gegeben.«

»Oh!«, rief Seikei aus. »Aber wie konnte es dazu kommen?«

Der Richter nickte. »Ja, das ist die nächstliegende Frage. Manche Feuer lassen sich einfach nicht vermeiden. Wenn die Kami eine Kränkung erfahren haben oder einfach übermütig sind, kann es schon sein, dass sie Blitze herabschicken. Oder jemand geht sorglos mit einer Lampe um. Aber dass gleich fünf Feuer innerhalb so kurzer Zeit ausbrechen ... Nein, die müssen von jemandem gelegt worden sein.«

»Aber wer würde denn so etwas Grauenhaftes tun?«, fragte Seikei.

Der Richter sah kurz nach oben, wo Männer mit Wassereimern über ein Dach liefen. Ihre Geta, die hölzernen Sandalen, klapperten auf den Ziegeln. »Die richtige Frage wäre meiner Meinung nach eher: Wieso sollte jemand so etwas tun?«, sagte er. »Wenn wir das herausfinden, wissen wir vielleicht auch gleich, wer es ist.«

Ein lautes Zischen drang von oben zu ihnen herab und auf einmal versank die Straße in Finsternis. Ein paar Flämmchen züngelten zwar noch hinter den Fenstern weiter die Straße hinunter, aber die Feuerschutzmänner kletterten bereits auf Leitern zu ihnen hoch, um sie zu ersticken.

»Sieht so aus, als wäre das Feuer erst einmal besiegt«, sagte Richter Ooka. »Doch die Männer sind erschöpft. So viele Brände innerhalb kürzester Zeit haben sie bis an die Grenze ihrer Belastbarkeit getrieben. Außerdem mussten viele Menschen von hier fliehen. Ich fürchte, wenn es so weitergeht, ist Edo bald menschenleer. Und da der Shogun mich beauftragt hat, für die Sicherheit der Stadt zu sorgen, werde ich die Verantwortung und die Schmach dafür zu tragen haben.«

Diese Befürchtung seines Adoptivvaters versetzte Seikei in mehr Angst und Schrecken als alles andere, was er in dieser Nacht gesehen oder gehört hatte. Der Gedanke, dass der Richter in Ungnade fallen könnte, war kaum zu ertragen.

Seikei folgte Richter Ooka in den Bezirk, der vollständig niedergebrannt war. Von den Häusern selbst war kaum etwas übrig geblieben, aber in der Asche konnte man Dinge entdecken, die nur teilweise verkohlt waren. Darunter waren auch etliche Webstühle.

In Edo gab es mehrere Stadtviertel, in denen ausschließlich bestimmte Handwerker und Händler angesiedelt waren. Offenbar befanden sie sich hier in dem Viertel, in dem man noch einen Tag zuvor Seide, Leinen und andere Stoffe hatte kaufen können.

»Setz deinen scharfen Blick ein«, sagte der Richter. »Wenn du etwas Ungewöhnliches bemerkst, lass es mich sofort wissen.«

Da fiel es Seikei wieder ein. »Ich habe bereits etwas Ungewöhnliches gesehen«, sagte er nicht ohne Stolz. Und dann erzählte er seinem Adoptivvater von dem Gesicht, das er in der Menge erblickt hatte – dem Gesicht, das sich an der Zerstörungswut des Feuers zu erfreuen schien.

Der Richter nickte. »Bunzo ist schon auf der Suche nach Leuten, die hier früher Läden betrieben haben. Der Wachposten für diesen Bezirk hat gesehen, wo das Feuer zuerst ausgebrochen ist. Ich möchte, dass du dir alle Leute, die Bunzo hierher bringt, genau ansiehst. Gib mir ein Zeichen, wenn du meinst, das Gesicht erkannt zu haben, das dir in der Menge aufgefallen ist.«

Sie machten sich auf den Weg zu einem kleinen Haus, das am Rand des abgebrannten Viertels stand. Es gehörte dem Mann, der im Wachturm Dienst tat. Als der Richter eintrat, kniete der Mann sich hin und berührte den Boden mit der Stirn. »Ich schäme mich«, sagte er. »Dies alles ist nur durch meine Nachlässigkeit geschehen.«

»Das ist nicht wahr«, erwiderte Richter Ooka. »Steht bitte auf. Die Gewissheit, dass Euer schnelles Handeln noch schlimmere Auswirkungen des Feuers verhindert hat, sollte Euch ein Trost sein.«

Die Frau des Wachpostens brachte Tee für die beiden Besucher. Dabei betrat und verließ sie den Raum nur auf Knien rutschend. Seikei wusste, dass dem Richter solche Respektbezeugungen missfielen, auch wenn sie ihm als Abgesandten des Shoguns zustanden.

Kurz darauf kam Bunzo zurück und hatte fünf Frauen dabei, die sich sogleich vor dem Richter zu Boden warfen.

»Steht auf!«, befahl er ihnen streng. »Ich möchte eure Gesichter sehen.«

Seikei, der wusste, warum der Richter das verlangte, musterte die erhobenen Gesichter der Frauen. Es fiel ihm schwer, ein Urteil abzugeben, denn er hatte das Gesicht in der Menge ja nur für den Bruchteil einer Sekunde gesehen. Keine der Frauen hatte einen frohen oder gar frohlockenden Gesichtsausdruck. Im Gegenteil – Angst war darin zu lesen und Traurigkeit, denn sie hatten wohl alles dem Feuer opfern müssen, was sie besaßen. Ihre Kleider waren rußverschmiert, und ihre Hände und Arme wiesen Verbrennungen auf – bestimmt hatten sie versucht, ihr Hab und Gut vor den Flammen zu retten.

Der Richter sah Seikei fragend an und der Junge schüttelte kaum merklich den Kopf. Das Gesicht, das er gesehen hatte, gehörte keiner dieser Frauen.

Richter Ooka wandte seine Aufmerksamkeit wieder den Gefangenen zu. »Möchte eine von euch gestehen, das Feuer gelegt zu haben?«, fragte er.

Die Frauen rutschten unbehaglich auf der Stelle hin und her und wagten nicht, ihm in die Augen zu sehen. Auf diese Art und Weise begannen Richter Ookas Befragungen meistens. »Am Ende finde ich die Wahrheit ohnehin heraus«, hatte er Seikei einmal erklärt. »Wäre es da nicht einfacher, wenn der Verbrecher gleich gestehen würde?«

Seikei hatte noch nie miterlebt, dass dies geschehen war, aber diesmal erwartete ihn eine Überraschung. Eine der Frauen meldete sich zu Wort. Sie trug einen gewöhnlichen Kimono aus blauer Baumwolle, aber es entging Seikei nicht, dass der Obi um ihre Taille aus hochwertiger Seide gemacht war. »Ich habe das Feuer nicht gelegt, Herr, aber es hat in meinem Laden seinen Anfang genommen.«

Der Richter nickte. »Komm näher und erzähl mir alles, was du weißt.«

Die Frau raffte ihren Kimono zusammen und rutschte auf Knien zur Mitte des Raumes, wo der Richter im Schneidersitz auf einer Matte saß. »Eine Frau kam in meinen Laden. Sie bräuchte Seide für einen Kimono, sagte sie. Sie war eine Geisha.«

»Woher weißt du das?«, fragte der Richter.

Die Frau sah ihn überrascht an. »Nun ja, sie … sie trug die Haare nach Art der Geishas. Sie hatte sich die Augenbrauen abrasiert. Und sie hatte einen so teuren

Seidenkimono an, wie ihn sich nur eine Geisha leisten kann.«

»Beschreib mir den Kimono«, forderte der Richter.

Die Frau überlegte. »Er war braun, rot-braun wie abgefallene Ahornblätter. Und Kraniche waren mit Goldfaden darauf gestickt. Ich wusste sofort, dass es ein kostbares Stück sein musste. Daher dachte ich, die Frau könnte eine gute Kundin werden.«

Richter Ooka rieb sich nachdenklich das Kinn. »Sehr gut. Sie wollte also Seide kaufen. Und was geschah dann?«

»Ich zeigte ihr verschiedene Seidenstoffe, aber sie war nicht zufrieden damit.« Die Erinnerung daran schien die Frau immer noch zu kränken. Sie runzelte die Stirn. »Ich führe die *allerbeste* Seide«, fuhr sie fort. »In ganz Edo gibt es keine bessere. Meine Töchter ernten die Seidenkokons und entwirren sie ...«

Der Richter hob Ruhe gebietend die Hand. »Ich verstehe schon. Die beste Seide von ganz Edo. Warum war die Frau denn nicht zufrieden damit?«

»Sie nannte keinen Grund. Diese Geishas ... Manche sind so überheblich, als wären sie mit einem Daimyo verheiratet!«

»Also ist sie wieder gegangen?«

»Nein, ich wünschte, es wäre so gewesen. Aber natürlich war ich fest entschlossen, sie zufriedenzustellen, also ging ich in einen der Lagerräume, um weitere Seidenstoffe zu holen. Und während ich weg war, legte sie Feuer im Laden!«

Richter Ooka nickte, als habe die Frau etwas ganz Nebensächliches gesagt. »Aber natürlich«, sagte er sanft, »hast du nicht mit eigenen Augen gesehen, wie sie es getan hat.«

»Aber wie soll es denn sonst gewesen sein?«, rief die Frau. »Als ich zurückkehrte, brannten die Papierfenster bereits lichterloh. Die Matten im vorderen Raum ebenso. Sie muss die Öllampe darüber ausgeschüttet haben. Was für eine durch und durch verdorbene Tat!«

»Ja, eindeutig«, stimmte der Richter ihr zu. »Jedenfalls, wenn es sich wirklich so zugetragen haben sollte. Aber was, wenn die Lampe versehentlich umgefallen ist und die Frau nur den Flammen entfliehen wollte?«

»Wieso hat sie dann nicht um Hilfe gerufen?«, wandte die Befragte ein. »Wieso hat sie nicht Alarm geschlagen? Wenn ich das Feuer früher entdeckt hätte, hätte ich es vielleicht ersticken können. Nein, sie muss es absichtlich getan haben.«

Der Richter dachte eine Weile nach. »Jetzt, wo dein Laden zerstört ist, hast du also kein Dach über dem Kopf mehr?«, wollte er dann wissen.

»Ich habe gar nichts mehr«, antwortete die Frau leise, und es klang, als wäre ihr das eben erst klar geworden.

»Bunzo, sorgt dafür, dass sie irgendwo unterkommt«, ordnete der Richter an.

»Oh«, sagte die Frau, »ich kann zu meinen Töchtern aufs Land ziehen.«

»Die Reise könnte sich derzeit ziemlich schwierig gestalten«, entgegnete Richter Ooka. »Außerdem fallen mir vielleicht noch weitere Fragen ein, die ich dir stellen möchte.«

Als Bunzo sie wegführte, wirkte die Frau noch unglücklicher als zuvor. Richter Ooka stellte den anderen Gefangenen noch ein paar Fragen und entließ sie dann ebenfalls. Nachdem sie gegangen waren, nippte er nachdenklich an seinem Tee.

»Wieso sollte eine Geisha den Laden einer Seidenhändlerin anzünden?«, fragte er.

Seikei war sich nicht sicher, ob der Richter wirklich eine Antwort erwartete. »Vielleicht hat sie es ja gar nicht getan«, sagte er.

Der Richter nickte. »Morgen machen wir uns auf die Suche nach der Geisha.«

Tod im Teehaus

Seikei erwachte, kaum dass der Tag angebrochen war. Es war ihm inzwischen zur Gewohnheit geworden aufzustehen, sobald das erste Sonnenlicht über seine Schlafmatte kroch. Er setzte sich auf den Boden und begann zu meditieren, um seinen Geist frei zu machen. Doch immer wieder sickerten Gedanken an den vergangenen Abend in sein Bewusstsein.

Hatte die Frau die Wahrheit gesagt? Das war eine Frage, die Richter Ooka nicht gestellt hatte. Es war Aufgabe eines Richters, ein Geständnis zu bekommen – als Beweis dafür, dass der Verbrecher überführt war. Als Abgesandter des Shoguns konnte man jeden Verdächtigen nach Wunsch foltern, um ein Geständnis zu erzwingen.

Doch Richter Ooka hielt nichts von Folter. Und zwar nicht aus Mitleid, sondern aus psychologischem Kalkül. »Viele Leute würden alles gestehen, nur um der Folter zu entgehen«, hatte er einmal zu Seikei gesagt. »Dies ist ganz offensichtlich. Daher kann die Folter dazu führen, dass ein Unschuldiger bestraft wird, während der wahre Verbrecher ungeschoren davonkommt. Es ist meine Pflicht, die Ordnung zu erhalten, indem ich Verbrecher überführe – und nicht, Menschen so lange in Angst und Schrecken zu versetzen, bis sie irgendetwas gestehen.«

Normalerweise hörte sich der Richter genau an, was die Leute auf seine Fragen antworteten, und versuchte dann, wie er sich ausdrückte, den richtigen Pfad zum Verbrecher zu finden. Es schien ihm nichts auszumachen, dass er manchmal angelogen wurde.

Seufzend brach Seikei seine Meditation ab und stand auf. Schon wieder war es ihm nicht gelungen, die nötige Konzentration aufzubringen.

Nach dem Frühstück, das aus Reis und Melone bestand, machten er und Richter Ooka sich zu Fuß auf den Weg. Immer noch hing Rauchgeruch in der Luft.

»Wo ist Bunzo?«, fragte Seikei.

»Er hat noch viele andere Aufgaben«, erwiderte der Richter. »Wenn irgendwo ein Brandstifter zugange ist, müssen die Feuerwächter noch aufmerksamer sein als sonst. Bunzo weiß, wie man ihre Bemühungen verstärkt.«

Sie gingen einen Rundweg entlang auf den östlichen Rand der Stadt zu. Edo in einer geraden Linie von einer Seite zur anderen zu durchqueren war nicht möglich. Mehrere Wassergräben, die mit den zwei Flüssen der Stadt verbunden waren, bildeten eine Spirale rund um den Palast des Shoguns. Durch diese gewundenen Wasserläufe war das Herz der Stadt leichter zu verteidigen, denn es konnte von keiner Seite geradeheraus angegriffen werden. Der große Nachteil bestand natürlich darin, dass das alltägliche Vorankommen in der Stadt erschwert wurde.

Seikei und der Richter kamen an den Sumida-Fluss, wo einige kleine Barken vertäut lagen. Ein paar Bootsmänner, mit Lendenschurzen angetan, riefen und winkten ihnen in der Hoffnung auf Kundschaft so früh am Tag freudig zu. Der Richter entschied sich für ein Boot, das einigermaßen robust aussah, und ging an Bord. »Bring uns nach Yoshiwara«, sagte er zum Bootsführer.

Der Mann nickte, wandte allerdings ein: »Aber mein Herr, dort werden alle noch schlafen.«

»Für mich werden sie schon aufstehen«, erwiderte der Richter.

Der Mann sah ihn noch einmal prüfend an und schien ihn jetzt erst zu erkennen. Sofort verbeugte er sich tief und wartete, dass seine Fahrgäste sich setzten, bevor er das Boot vom Ufer abstieß. Lautlos glitt das Gefährt von der Anlegestelle weg, von der langen Stakstange des Bootsmannes angeschoben. Nebel waberte über dem Wasser. Weit vorne lag die sumpfige Region, die als »Schwimmende Welt« bezeichnet wurde.

Je näher sie kamen, desto aufgeregter wurde Seikei. Sein leiblicher Vater hatte ihn immer davor gewarnt, einen Fuß in diese Gegend zu setzen. Der Stadtteil hieß nicht nur deswegen so, weil er über dem Wasser erbaut war, sondern auch, weil hier die Menschen ihren Träumen nachhängen konnten. Hierher kamen sie, um sich von ihrem Alltagsleben zu erholen. Hier konnten sie ins Kabuki-Theater gehen, die Musik, die Farben, das Tanzen genießen. Doch die meisten Besucher der Schwimmenden Welt kamen, um sich von Geishas unterhalten zu lassen – Frauen, die ihr Leben damit zubrachten, Männern Vergnügen zu bereiten. Geishas beherrschten alle Künste des Musizierens, des Tanzes, des Gesangs und der Konversation und ließen damit die Männer ihre Sorgen und Nöte für einige Zeit vergessen.

Es war nur eine kurze Fahrt flussaufwärts. Schon bald legte das Boot am Kai von Yoshiwara an. Seikei und der Richter gingen von Bord, und Richter Ooka reichte dem Bootsmann eine Münze. Einige Schritte weiter riefen sie den Torwächter herbei, der sofort die große Zugbrücke absenkte, damit sie über den Fluss konnten.

Als sie auf der anderen Seite angekommen waren, richtete der Torwächter seinen Blick auf ihre Schwerter. »Die müsst Ihr hier lassen«, sagte er.

Zu Seikeis Überraschung zog der Richter sofort die beiden Schwerter aus seinem Obi und legte sie in eine Holzkiste, die im Wächterhaus stand. Seikei tat dasselbe mit seinem polierten Holzschwert.

Nachdem sie weitergegangen waren, fragte er den Richter, warum er so schnell bereit gewesen war, die kostbarsten Besitztümer eines Samurai abzulegen.

»Der Torwächter hat nur seine Pflicht getan«, antwortete Richter Ooka. »Der Befehl des Shoguns lautet, dass alle Schwerter hier verbleiben müssen. Es hat früher üble Kämpfe unter den Besuchern Yoshiwaras gegeben. Ohne Schwerter sinkt die Wahrscheinlichkeit, dass die Leute einander ernsthaft verletzen.«

»Aber Ihr seid doch offizieller Abgesandter des Shoguns«, wandte Seikei ein. »Ihr habt einen guten Grund, Eure Schwerter hier zu tragen.«

»Ich glaube nicht, dass ich in die Verlegenheit kommen werde, mich verteidigen zu müssen«, sagte der Richter. »Außerdem gäbe ich ein schlechtes Vorbild ab, wenn ich das Gesetz missachten würde. Wenn schon diejenigen, die damit beauftragt sind, für die Einhaltung der Gesetze zu sorgen, diese missachten, wieso sollten dann die anderen sie einhalten?«

Das leuchtete Seikei ein. Er hatte den Richter ohnehin noch nie das Schwert ziehen sehen und er bezweifelte, dass es an diesem Ort, wo die meisten Bewohner noch zu schlafen schienen, dazu hätte kommen können. Nur ein einzelner kleiner Laden in der Nähe des Wächterhauses hatte schon geöffnet.

Auf dem blauen Tuchschild über dem Eingang stand: *Hut- und Kleiderverleih*.

Seikei deutete darauf. »Wer kommt denn extra hierher, um sich Kleider auszuleihen?«, fragte er den Richter.

»Leute, die nicht erkannt werden wollen«, erklärte Richter Ooka. »Es gibt nicht wenige Daimyos und hohe Beamte, die sich die Freuden der Teehäuser nicht entgehen lassen wollen, aber um jeden Preis verhindern müssen, dass bekannt wird, dass sie hier verkehren. Auf Tayu – die höchstrangigen Geishas – macht der gesellschaftliche Rang eines Mannes ohnehin keinen Eindruck.«

»Auch nicht Euer Rang?«, hakte Seikei nach.

»Eine Tayu kann Kunden nach Belieben annehmen oder ablehnen. Sie darf sogar einen reichen Kaufmann einem Daimyo vorziehen.«

Seikei war verblüfft. Der Gedanke, dass sein leiblicher Vater einem Fürsten vorgezogen werden könnte, war einfach ungeheuerlich. »Wenn das so ist, dann ist Yoshiwara wahrlich eine ganz andere Welt«, sagte er.

»Wir werden sehen. Und nun lass uns erst mal Augen und Ohren aufmachen und beobachten.«

Sie bogen um eine Ecke und betraten eine von Yoshiwaras Hauptstraßen. Grelle Banner zierten die Häuser, und hübsche Papierlampions hingen in den Eingängen und von den Ästen der Kirschbäume, die die Straße säumten. Seikei konnte sich lebhaft vorstellen, wie schillernd die Gegend bei Nacht sein musste, wenn die Lampions erst angezündet waren.

Dann fiel ihm plötzlich etwas anderes ins Auge, etwas Merkwürdiges. Er näherte sich dem Eingang eines Teehauses. Jemand hatte mit weißem Staub eine Spur um die Treppenstufen gelegt. Und zwar nicht nur vor diesem einen Haus, sondern vor vielen Teehäusern in der Straße.

Seikei pickte ein paar der feinen weißen Körnchen auf und leckte daran. »Salz«, stellte er fest.

Der Richter trat neben ihn. »Das streuen die Leute vor ihrem Haus aus, wenn sie befürchten, dass ein Dämon versuchen könnte einzudringen. Eine sehr alte Tradition.«

Seikei nickte. Den Brauch kannte er schon aus Osaka. »Glaubt Ihr, dass es Dämonen wirklich gibt?«, fragte er.

»Ich bin noch keinem begegnet«, erwiderte der Richter. »Aber vielleicht liegt das nur daran, dass man mich bisher immer getäuscht hat.«

Seikei lächelte. Wer sollte Richter Ooka schon täuschen können? »Wie das?«

»Vielleicht habe ich schon Dämonen gesehen, die sich aber als Menschen verkleidet hatten«, sagte sein Adoptivvater und deutete auf ein nahegelegenes Teehaus. Eine Traueranzeige hing an der Eingangstür – ein weißes Stück Papier in einem schwarzen Rahmen, das vom Tod eines Bewohners kündete. »Lass uns hier mit unseren Ermittlungen anfangen.«

Seikei folgte ihm – wenn auch widerstrebend, denn er hatte wenig Erfahrung mit Toten, von den wohlwollenden Geistern der Vorfahren, die beim Bon-Fest zur Erde zurückkehrten, einmal abgesehen. Auf der Treppe angekommen, zog der Richter an einer herabhängenden Schnur, und Seikei hörte, wie über ihren Köpfen eine Glocke läutete. Sofort schob ein Mädchen, etwa zehn Jahre alt, die Tür ein Stückchen weit auf und spähte heraus. »Tut mir sehr leid«, sagte sie. »Wir haben geschlossen. Bitte nicht mehr läuten.«

»Ich bin Richter Ooka, offizieller Abgesandter des Shoguns«, erwiderte der Richter. »Ich möchte augenblicklich mit dem Besitzer dieses Hauses sprechen.«

Das Mädchen riss die Augen auf und sah erschrocken nach hinten. »Es wäre besser, wenn Ihr später wieder kämt«, sagte sie.

»Ich habe keine Zeit, es muss jetzt sein«, beharrte der Richter.

Das Mädchen nickte. »Einen Augenblick bitte«, sagte sie, drehte sich weg und schloss die Tür.

Schon bald wurde die Tür wieder aufgeschoben, und eine ältere Frau mit stechendem, berechnendem Blick erschien auf der Schwelle. Sie bedeutete dem Richter und Seikei einzutreten.

Nun standen sie in einem Eingangsbereich, von dem nach drei Richtungen Türen abgingen. Ein kleiner Schrein zu Ehren eines buddhistischen Heiligen stand in einer Ecke und davor flackerte eine Kerze. Dies bedeutete üblicherweise, dass in diesem Haushalt kürzlich jemand verstorben war. Seikei hörte irgendwo hinten im Haus den sanften Klang eines Gongs, was ebenfalls die Anwesenheit eines Toten anzeigte.

Die ältere Frau verbeugte sich vor dem Richter. »Ich bedaure, dass ich Euch nicht weiter hereinlassen kann«, sagte sie. »Wir halten gerade Totenwache. Ein Priester ist hier.«

»Wer ist gestorben?«, fragte Richter Ooka.

»Eine meiner Angestellten«, erklärte die Frau. »Ein Mädchen namens Akiko. Sie hat keine Familie, daher …« Sie zuckte mit den Schultern. »Ich bezahle den Priester und die Einäscherung. Dumm von mir, ich weiß, aber ich habe eben ein großes Herz.«

Seikei bezweifelte dies, rügte sich in der nächsten Sekunde aber schon wieder innerlich. Der Richter hatte ihm so oft eingebläut, keine voreiligen Schlüsse zu ziehen.

»Woran ist sie gestorben?«, fragte der Richter.

Die Frau senkte den Blick. »Sie hat sich im Kanal ertränkt.«

»Ich würde sie gern sehen.«

Das Ansinnen des Richters schien die Frau sehr zu beunruhigen. »Aber dann müsstet Ihr Euch danach der Reinigungszeremonie unterziehen«, protestierte sie. »Ich kann dafür nicht die Verantwortung übernehmen. Ich habe keine Schuld und …«

»Zeig sie mir«, unterbrach sie der Richter streng.

Mit einem Achselzucken schob die Frau eine Tür auf. Von der Türschwelle aus erblickte Seikei einen großen, röhrenförmigen Sarg, dessen Deckel geschlossen war. Kerzen waren aufgestellt worden und ein buddhistischer Mönch kauerte in seinem orangefarbenen Gewand auf dem Boden, schlug immer wieder einen kleinen Gong und sang leise Gebete.

Der Richter nickte, ohne einzutreten. »Hat schon ein Gesandter des Shoguns die Leiche gesehen?«

»Hm ... nein«, gab die Frau zu, nachdem sie die Tür leise hinter sich zugeschoben hatte. »Aber ich habe den Vorfall gemeldet. Sobald die Hinin sie hergebracht hatten.« Hinin waren sozial Geächtete, die so abscheuliche Aufgaben übernahmen wie Leichen berühren. »*Denen* könnt Ihr einen Vorwurf machen. Ich bin sicher, dass sie ihr den Kimono gestohlen haben, den sie anhatte.«

»Was war das für ein Kimono?«, hakte der Richter nach, und die Frau schien, im Gegensatz zu Seikei, den plötzlichen Tonwechsel in seiner Stimme nicht zu bemerken.

Sie runzelte die Stirn. »Er war von der Farbe der Herbstblätter – rot mit einer Spur braun. Dazu Wunderschöne Stickerei mit echtem Goldfaden. Kranich-Verzierung. Außerordentlich elegant. Man sollte meinen, wenn Akiko vorhatte, sich umzubringen, würde sie eher ...«

Sie sprach den Satz nicht zu Ende, doch Seikei wusste auch so, was sie dachte. Wieso muss man unbedingt den schönsten Kimono anziehen, wenn man sich ertränken will? Wäre doch besser, ihn jemand anderem zu vererben.

»Wie kommt es, dass sie solch einen kostbaren Kimono besaß?«, fragte Richter Ooka weiter. »Bezahlst du deine Angestellten so gut?«

Die Frau warf ihm einen Seitenblick zu und fragte sich wohl, ob er ihr unterstellte, knauserig zu sein. »Ich bezahle genug«, sagte sie. »Aber diesen Kimono hatte sie von einer Geisha bekommen, von einer der besten. Umae persönlich.«

»Und warum solch ein wertvolles Geschenk?«

Die Frau zuckte mit den Schultern. »Akiko hat Umae einmal aus einer peinlichen Situation gerettet. Umae unterhielt hier gerade einige Gäste, als weitere Männer eintrafen. Akiko erkannte in einem von ihnen Umaes besonderen Freund – zumindest meinte sie, ihn erkannt zu haben, und warnte Umae schnell. Und dann führte Akiko den besonderen Freund in unser zweitbestes Zimmer, sodass er nie erfuhr, dass Umae überhaupt hier gewesen war.«

Richter Ooka nickte. »Sie muss ein sehr einfallsreicher Mensch gewesen sein.«

Die Frau lächelte und entblößte dabei ihre Zähne, die der Mode entsprechend geschwärzt waren. »Oh ja, das kann man wohl so sagen. Wird nicht leicht werden, sie zu ersetzen.«

»Aber warum hat sie sich denn umgebracht?«, bohrte der Richter weiter.

»Wer weiß das schon? Sie stammte vom Lande. Vielleicht hegte sie große Träume, und jetzt wurde ihr bewusst, dass diese sich nie erfüllen würden. Das wird jedem hier in Yoshiwara irgendwann klar. Die einen stecken das besser weg, die anderen schlechter.«

»Ja, Menschen gehen mit Enttäuschungen unterschiedlich um.« Richter Ooka hielt inne und wechselte dann das Thema. »Und du sagst, du hast ihren Tod gemeldet? Wann war das?«

»Gestern Morgen. Fischer haben ihre im Wasser treibende Leiche entdeckt und die Hinin gerufen, die sie herbrachten. Ich habe wie vorgeschrieben einen Boten geschickt, um den Todesfall zu melden.«

»Aber es war kein Abgesandter da, der die Leiche untersucht hätte?«

»Nein, aber das war ja auch nicht nötig. Sie war doch eindeutig tot.« Sie schenkte den beiden Besuchern ein weiteres schwarzzähniges Lächeln.

»Nimm den Deckel vom Sarg herunter«, befahl der Richter. »Ich werde sie untersuchen.«

Die Frau riss entsetzt den Mund auf und wollte etwas einwenden, doch Richter Ooka hatte die Tür bereits aufgeschoben und betrat das Zimmer mit dem Sarg. Seikei blieb nichts anderes übrig, als ihm zu folgen, obwohl er genauso viel Angst hatte wie die Frau. Der Tod war die unreinste Phase im Leben. Außer den Hinin musste jeder, der einem Toten nahe kam, hinterher ein Reinigungsritual begehen.

Der Richter verbeugte sich höflich vor dem buddhistischen Mönch, der nicht überrascht zu sein schien, ihn ein zweites Mal zu sehen. Er legte auch sonst keine Gefühlsregung an den Tag – außer vielleicht, dass er eine Spur lauter zu singen begann, als die Frau den Sargdeckel anhob. Der Tischler war noch nicht da gewesen, um den Sarg zuzunageln.

Seikei hielt sich im Hintergrund, doch Richter Ooka bedeutete ihm, näher zu kommen. Die Tote lag, wie es Brauch war, im Lotussitz im Sarg, wie Buddha.

Sie war in ein weißes Leichentuch gewickelt, das auch ihr Gesicht bedeckte. Ein Messer lag in ihrem Schoß. Auch dies war Brauch – damit sollten die Verstorbenen sich gegen Dämonen wehren, die ihnen den Weg zum jenseitigen Leben versperren wollten. Doch das Messer schien Seikei ungewöhnlich groß und gefährlich zu sein. Außerdem hielt die Tote es in der Hand.

Seikei lief ein kalter Schauer über den Rücken, als der Richter das Leichentuch sanft zur Seite schob. Er wollte wegsehen, warf aber dann doch einen kurzen Blick auf das Gesicht der jungen Frau. Sie war hübsch gewesen, wenngleich auch nicht so schön wie eine Geisha. Ihr Kopf war, wie es die Tradition verlangte, nach ihrem Tod kahl rasiert worden. Und sie sah aus, als habe sie gekämpft, um ihrem Schicksal zu entgehen. Ihr Gesicht wirkte zornig.

Der Richter schob das Tuch wieder über ihren Kopf und legte mit Seikeis Hilfe den Deckel zurück auf den Sarg. Dann wandte er sich an den Mönch und reichte ihm eine Münze. »Betet noch etwas länger«, sagte er. »Sie hat noch keinen Frieden gefunden.«

Die Prophezeiung der Wahrsagerin

Nachdem sie das Teehaus verlassen hatten, machten sich der Richter und Seikei auf die Suche nach einer Möglichkeit zum Baden. Sie mussten sich von der Berührung des Todes reinigen. Bald fiel ihnen ein blaues Tuch ins Auge, auf dem für ein Badehaus geworben wurde. Ohne zu zögern betraten sie das Gebäude und es dauerte nicht lange, bis die beiden in ein Becken mit heißem Wasser eintauchten.

Richter Ooka schien keine Eile zu haben. Seikei wusste, dass Baden eine seiner Lieblingsbeschäftigungen war. In seinem Landhaus, das ein Stück westlich von Edo lag, war das Wasser sogar noch heißer als hier, denn der Richter hatte sich ein kompliziertes System aus Bambusrohren ausgedacht, mit deren Hilfe das Wasser aus den nahe gelegenen heißen Quellen direkt in sein Haus geleitet wurde.

Seikei hingegen war ruhelos. Und offenbar war ihm dies anzusehen, denn der Richter wandte sich plötzlich zu ihm um und fragte: »Und, zu welchen Schlüssen bist du bisher gekommen?«

Seikei überlegte. »Erst einmal bin ich zu dem Schluss gekommen, dass der Kimono des toten Mädchens vermutlich derselbe ist wie der, den die brandstiftende Geisha anhatte.«

»Dann bist du schon weiter gegangen als ich«, sagte Richter Ooka.

Seikei senkte den Kopf. Er schämte sich für sein voreiliges Urteil.

»Wir wissen immer noch nicht, ob es wirklich die Geisha war, die den Brand gelegt hat«, fuhr sein Adoptivvater fort. »Auch wenn es wahrscheinlich klingt. Aber vielleicht war es auch die nun tote junge Frau, die das Feuer angefacht hat. Vielleicht hat die Ladenbesitzerin sie lediglich für eine Geisha gehalten. Vielleicht hegte sie als Angestellte eines Teehauses den Wunsch, selbst eine Geisha zu sein, und hatte begonnen, sich wie eine zu kleiden.«

»Aber warum hat sie sich dann ertränkt? Und was ist mit ihrem Kimono geschehen?«, fragte Seikei.

»Vielleicht war es so, wie die Teehausbesitzerin gesagt hat – jemand hat ihr den Kimono gestohlen, nachdem ihre Leiche entdeckt worden war.«

»Aber vielleicht wurde er ihr auch gestohlen, *bevor* sie gestorben ist«, mutmaßte Seikei.

»Wie kommst du darauf?«, fragte der Richter.

»Nun ja, sie ... sie sah aus, als habe sie sich gewehrt. Nicht als habe sie sich selbst umgebracht.«

»Du hast eine gute Beobachtungsgabe«, lobte Richter Ooka seinen Zögling, der vor Freude errötete.

»Da war noch etwas«, fuhr er fort. »Was ist dir noch aufgefallen?«

»Das Messer?«

Der alte Samurai nickte. »Es gibt da wohl jemanden, der glaubt, dass der Dämon wirklich existiert. Das macht es noch schwerer, den Fall zu lösen.«

Das verstand Seikei nicht. »Weil ein Dämon gefährlicher ist als ein Mensch?«

»Nein. Weil es bedeutet, dass die Leute mehr Angst haben.« Richter Ooka seufzte. »Ich glaube, wir haben uns jetzt genug gereinigt. Offenbar kommt keiner mehr, um heißes Wasser nachzugießen.«

Nachdem sie sich abgetrocknet und angezogen hatten, gingen sie wieder auf die Straße hinaus. Noch immer war kein Mensch zu sehen, obwohl die Sonne mittlerweile hoch am Himmel stand. Sie kehrten in einigen weiteren Teehäusern ein, erfuhren dort aber nichts Neues. Überall reagierten die Menschen abweisend und waren nicht bereit, Fragen zu beantworten. Die Anwesenheit eines Richters machte sie noch nervöser. Wo auch immer er nach dem toten Mädchen fragte – alle gaben vor, es nicht zu kennen.

»Die anderen habe ich auch nicht gekannt«, sagte eine Frau im fünften Teehaus, das sie aufsuchten.

Der Richter hielt inne. »Welche anderen?«

Sie sah weg. »Na ja, die anderen, nach denen Ihr gefragt habt.«

»Ich habe niemand anderen erwähnt. Wen meinst du?«

Sie zuckte mit den Schultern. »Die anderen Frauen eben – zwei waren es. Es wird viel geredet. Alles leeres Geschwätz. Ich weiß nichts über sie. Vergebt mir, Herr.«

Der Richter überlegte, dann bohrte er weiter. »Es hat also zwei weitere gegeben? Nicht drei?«

Die Frau blickte ihn verdutzt an. »Nein. Bevor ich gestern von dieser Akiko erfuhr, hatte ich nur von zweien gehört.«

Zu Seikeis großer Verwunderung stand der Richter auf und dankte der Teehausbesitzerin für ihre Mithilfe. Die Frau war sichtlich erleichtert, als der Gesandte des Shoguns sich zum Gehen wandte.

Vor dem Haus bemerkte Richter Ooka den überraschten Blick seines Zöglings und er fragte: »Glaubst du, die Frau weiß mehr, als sie uns gesagt hat?«

»Ja ... aber natürlich«, antwortete Seikei.

»Sie hatte Angst«, sagte der Richter. »Die Frau, deren Leiche wir heute gesehen haben, war eindeutig nicht die Erste. Jetzt wissen wir, warum all die Teehäuser das Salz vor ihren Türen ausgestreut haben.«

»Aber warum habt Ihr sie dann nicht weiter nach den anderen Frauen befragt?«

»Jemand, der Angst hat, ist nur schwer zu befragen. Die Frau hätte sich vielleicht eine Geschichte ausgedacht, nur um mich zufriedenzustellen. Wir können jemand anderen finden, der uns bessere Informationen liefert.« Er deutete auf einen Laden ein Stück weiter die Straße hinunter. Ein Schild daran warb für eine

Wahrsagerin. »Wollen wir uns die Zukunft vorhersagen lassen?«

Vielleicht will er mich auf die Probe stellen, dachte Seikei und rang um die richtige Antwort. »Es wäre vermutlich besser, wenn wir uns nicht von unserem Pfad ablenken ließen«, sagte er schließlich. Als ihn Richter Ooka das letzte Mal auf die Spur eines Verbrechers geschickt hatte, war eine seiner ersten Anweisungen gewesen, er solle »dem Pfad folgen«.

Sein Adoptivvater lächelte. »Das ist wahr. Aber ich möchte den Pfad erst einmal besser erkennen, bevor wir weitergehen.«

»Glaubt Ihr, die Wahrsagerin kann uns sagen, wo der Verbrecher als Nächstes zuschlägt?«

»Wahrscheinlich nicht«, antwortete Richter Ooka. »Ich glaube nicht, dass überhaupt jemand in die Zukunft schauen kann. Das würde bedeuten, dass man nicht nur weiß, was Menschen vorhaben, sondern auch, was die Kami vorhaben. Zum Beispiel kann ich dir jetzt schon sagen, dass wir heute Abend in mein Haus in Edo zurückkehren werden. Das erscheint mir sicher. Aber wenn ein Sturm aufkommt und unser Boot die Reise nicht antreten kann, werden wir uns anderweitig eine Unterkunft suchen müssen. Oder ich bekomme Informationen, die es erforderlich machen, dass du hierbleibst.«

»Ich?« Seikei ärgerte sich über den Klang seiner Stimme. Der Richter hörte es ihm sicher an, dass ihn der Gedanke, allein zurückzubleiben, nicht sonderlich begeisterte. »Natürlich ... natürlich bin ich bereit, alles zu tun, was Ihr wünscht«, fügte er deswegen hastig hinzu.

»Ich habe das nur als Beispiel genannt, Seikei. Es gibt unendlich viele Möglichkeiten, wie du siehst.«

»Trotzdem glauben viele Menschen an die Macht von Wahrsagerinnen«, murmelte Seikei. Und er dachte dabei an seinen Vater, der gleich mehrere Wahrsagerinnen aufsuchte, bevor er eine wichtige geschäftliche Entscheidung fällte.

»Ja, ich auch«, sagte der Richter. Seikei seufzte – sein Lehrmeister hatte die verwirrende Angewohnheit, in Debatten immer beide Seiten einzunehmen. »Eine Wahrsagerin muss, um Erfolg zu haben, das Gleiche tun wie ich«, erklärte Richter Ooka.

»Und zwar?«, fragte Seikei.

»Die Menschen sehr intensiv beobachten.«

Das Alter der Wahrsagerin, die sie nun aufsuchten, war unmöglich zu benennen. Sie trug eine schwarze Perücke und war wie eine Geisha weiß geschminkt. Die Augenbrauen waren abrasiert und hoch auf der Stirn neu aufgemalt.

Als Seikei und der Richter eintraten, musterte die Frau sie mit dunklen, schnellen Augen. Sie saß auf dem Fußboden. Auf dem niedrigen Tisch vor ihr standen Schalen mit verschiedenfarbigen Flüssigkeiten.

Hinter ihr an der Wand hing das Bild eines besonders furchterregenden Drachens mit glutroten Augen. Die Luft im Raum war schwer vom Duft der Räucherstäbchen, die in einer Porzellanschüssel voller Sand vor sich hin glimmten.

Der Richter äußerte sich bewundernd über die Schüssel. Die Frau wehrte bescheiden ab, es sei nur ein wertloser Gegenstand. »Richter Ooka, der in aller Munde ist, verwahrt in seinem Haus sicherlich sehr viel größere Kostbarkeiten.« Seikei war erstaunt und fragte sich, woran sie den Richter wohl erkannt hatte.

Die Frau schlug mit einem ihrer langen Fingernägel gegen einen kleinen Gong. Sofort erschien ein Mädchen und legte ein großes, mit grüner Seide bezogenes Kissen auf den Boden. Die Wahrsagerin bedeutete dem Samurai, sich darauf zu setzen. Da das Mädchen verschwand, ohne ein weiteres Kissen für Seikei dazulassen, kniete er sich hin und kauerte auf den Fersen. Die normale Sitzposition – für ihn war sie gut genug.

»Da Ihr offenbar wisst, wer ich bin«, sagte der Richter, »wisst Ihr bestimmt auch, welche Frage ich Euch stellen möchte.«

Die Frau lächelte. »Jeder weiß, warum Ihr hergekommen seid – wegen des Dämons, der in Yoshiwara drei Mädchen umgebracht hat.«

Wieder war Seikei verblüfft, versuchte es sich aber nicht anmerken zu lassen. Natürlich war dies nicht der Grund, weswegen Richter Ooka nach Yoshiwara gekommen war. Doch er wusste, der Richter würde nicht widersprechen; es war eine seiner bevorzugten Methoden, sich von scheinbar unbeteiligten Personen zur Lösung eines Problems führen zu lassen.

»Wieso weigern sich die Leute dann, mir zu helfen?«, fragte er nun.

Die Wahrsagerin streckte die Hände aus. »Sie wissen nicht, wer mächtiger ist – Ihr oder der Dämon. Also versuchen sie, keinen von beiden gegen sich aufzubringen.«

»Wurden die Verbrechen deswegen nicht dem örtlichen Magistrat gemeldet?«

»Oh, der Magistrat weiß durchaus davon«, widersprach die Wahrsagerin. »Aber er ist anders als Ihr.«

»Wie meint Ihr das?«

»Er würde mit Freuden jeden bestrafen, der die Gesetze des Shoguns missachtet – sofern der Übeltäter aus Yoshiwara kommt. Aber hier ist ein Dämon am Werk, und da hat der Magistrat Angst zu handeln. Ihr hingegen seid ganz anders, Ihr kennt keine Angst. Ihr werdet Unrecht und Verbrechen ahnden, egal wer sie begangen hat.«

»Schmeichelt mir bitte nicht so«, winkte der Richter ab. »Das könnte sonst noch meinen klaren Verstand umnebeln.«

»Wie Ihr wünscht«, sagte die Frau, und ihre Hand flatterte wie ein Schmetterling, der gerade auf einer Blüte landet.

»In welcher Gestalt taucht der Dämon auf?«, fragte Richter Ooka weiter.

»Wenn er von außerhalb kommt, muss er ein Kunde sein«, antwortete die Wahrsagerin. »Ein Mann, der auf der Suche nach Freuden hierhergekommen ist –

auf der Suche nach Entspannung, Erleichterung, Freiheit von den täglichen Pflichten.«

»Das hilft mir nicht weiter. Mit wem sind die Mädchen vor ihrem Tod gesehen worden?«

»Zwei von ihnen waren Tayu, höchstrangige Geishas«, erklärte die Frau. »Sie waren nicht verpflichtet, ungeliebte Kunden anzunehmen. Daher waren sie meist in Gesellschaft von Daimyos, hochrangigen Beamten des Shoguns oder wohlhabenden Händlern.« Sie ließ wieder ihre Hände flattern. »Versteht Ihr?«

»Ja, ich verstehe. Aber was ist mit dem letzten Mädchen? Sie war keine Geisha.«

Die Frau nickte. »Sondern die schlichte Angestellte eines Teehauses. Aber die zwei toten Geishas haben sich mit ihren Kunden oft in eben jenem Teehaus getroffen. Es war ein sehr beliebter Ort, sehr elegant. Die vornehmsten Gäste gingen dort ein und aus.«

»Und jetzt nicht mehr?« Richter Ooka horchte auf.

Die Wahrsagerin hob den Blick zur Decke. »Nun ja, wenn man eine unbeschwerte Zeit verleben will, sich unterhalten, seine Sorgen vergessen …«

»… dann möchte man nicht in ein Haus gehen, in dem vor Kurzem jemand gestorben ist«, brachte der Richter den Satz zu Ende. »Und wo werden die beliebtesten Geishas jetzt mit ihren Kunden hingehen?«, fragte er weiter.

Die Frau senkte ihre Augen. »Da verlangt Ihr von mir, in die Zukunft zu blicken«, sagte sie. »Dafür muss ich mich konzentrieren.«

Der Richter holte aus seinem Ärmel einen Stoffbeutel hervor und legte ein paar Silber-Mon auf den Tisch.

Die Wahrsagerin würdigte das Geld kaum eines Blickes und seufzte: »Ich werde mein Bestes tun.« Sie öffnete eine Schatulle, auf deren Seite das Yin-Yang-Symbol prangte – ein Kreis, der von einer geschwungenen Linie in zwei Hälften geteilt wird. Die eine Seite war aus dunklem Holz, die andere aus hellem.

Seikei dachte an den Tag, als sein leiblicher Vater ihn in Osaka zu einer Wahrsagerin mitgenommen hatte. Damals hatte die Frau Seikei prophezeit, er werde ein reicher, mächtiger Kaufmann werden. Er konnte nur hoffen, dass die Prophezeiung heute etwas zuverlässiger war.

Die Wahrsagerin entnahm der Schatulle ein paar Schafgarbenstängel und schleuderte sie auf den Tisch. Dann begutachtete sie das Muster, das die Stängel gebildet hatten, und sagte: »Das Teehaus *Fallende Kirschblüten* wird am beliebtesten sein. Oba Koko, die Besitzerin, hat die Geisha Umae überredet, ihre Gäste hier unterzubringen.« Mit ihrem Fingernagel klopfte sie ein paarmal auf einen Schafgarbenstängel. »Aber nehmt Euch in Acht, hier lauern große Gefahren auf die Unvorsichtigen.«

Seikei war sich sicher, dass das genannte Teehaus ihre nächste Anlaufstelle sein würde. Doch als sie wieder auf der Straße waren, überraschte sein Lehrer ihn aufs Neue.

»Ich muss zum örtlichen Magistrat«, sagte er. »Und es wäre besser, wenn du mich nicht begleitest.« Als er die Enttäuschung in Seikeis Gesicht sah, fügte er hinzu: »Manchmal komme ich nicht umhin, anderer Leute Arbeit auszubessern. Ich fürchte, der Magistrat hat seine Pflichten vernachlässigt, indem er den Tod der beiden Geishas nicht untersucht hat. Es wäre ihm sicher peinlich, wenn du bei unserer Unterhaltung zugegen wärst.«

Seikei nickte erleichtert. »Soll ich am Kai auf Euch warten?«

»Nein«, sagte der Richter. »Du hast doch gehört, was die Wahrsagerin gesagt hat.«

Seikei blinzelte. »Ja …«

»Und du erinnerst dich sicher an das, was ich vorhin gesagt habe.«

»Ihr meint … dass ich hierbleiben soll?« Seikeis Magen krampfte sich plötzlich zusammen.

Richter Ooka nickte. »Jetzt wissen wir, wohin der Pfad dich führen wird.«

Seikei, der Dieb

Als Seikei beim Teehaus ankam, sah er, wie eine Frau in einem pflaumenblauen Kimono einen Jungen mit einem Besen zur Tür herausscheuchte. Er duckte sich immer wieder unter den Schlägen der Frau weg, wand und wehrte sich nach Kräften, doch die schmerzhaften Stockhiebe prasselten wie Regen auf ihn herab und zwangen ihn die Treppe hinunter. Schließlich nahm der Junge die Beine in die Hand und floh die Straße entlang.

Die Frau blieb auf der Treppe stehen und rückte ihren Kimono zurecht. Da fiel ihr Seikei ins Auge, der neben dem Eingang wartete.

»Was willst du?«, fragte sie ärgerlich. »Ich habe zu tun. Das Teehaus ist geschlossen.«

Ein Banner, das über der Tür hing, bestätigte Seikei, dass er das richtige Teehaus gefunden hatte. Dies war das Teehaus *Fallende Kirschblüten*. Nun hoffte er inständig, mit der keifenden Alten die falsche Person erwischt zu haben.

»Seid Ihr die Besitzerin des Teehauses?«, fragte er.

Die Frau beäugte ihn misstrauisch. »Warum fragst du? Hab ich was Unrechtes getan? Ich bin doch nur eine arme Frau, die sich in dieser harten Welt ein Auskommen zu verdienen sucht.«

Und dabei benimmt sie sich, als gäbe es im Teehaus niemand Ranghöheren, dachte Seikei. Und sogar in ganz Yoshiwara nicht. Dennoch verbeugte er sich respektvoll. »Ich bin auf der Suche nach Arbeit und würde gern mit der Besitzerin sprechen.«

Die Frau musterte ihn von oben bis unten. »Viel scheinst du bisher nicht gearbeitet zu haben. Ein Bauer bist du jedenfalls nicht – deine Hände sind sauber. Und ein Samurai bist du auch nicht – bist nicht eingebildet genug. Dein Haarschnitt mag der eines Samurai sein, aber Oba Koko kannst du damit nicht täuschen. Und ein Handwerker bist du schon gar nicht, sonst hättest du ja was gelernt und bräuchtest nicht hier nach Arbeit zu suchen. Also musst du wohl ein Händlersohn sein, der an Luxus und Nichtstun gewöhnt ist.«

Seikei zuckte zusammen. Selbst die Adoption durch einen Samurai hatte ihn nicht verändert. Immer noch konnte man ihm auf den ersten Blick ansehen, wer sein leiblicher Vater war. Vielleicht war es tatsächlich so, wie Bunzo einmal meinte: »Ein Fisch wird niemals singen lernen, auch wenn man ihn in einen Vogelkäfig steckt.«

Aber das spielt jetzt keine Rolle, sagte sich Seikei. Er musste die Anordnung des Richters ausführen.

Also verbeugte er sich ein zweites Mal. »Ihr habt einen guten Blick. Aber ich versichere Euch, dass ich bereit bin, hart zu arbeiten.«

»Hmpf«, schnaubte die Frau. »Dann bist du vielleicht ein Dämon. Siehst zwar nicht wie einer aus, aber wer weiß das schon?« Plötzlich streckte sie die Hand aus und zwickte ihn in die Nase. Und das ziemlich heftig.

Seikei schrie auf und wand sich aus ihrem Griff.

Die Frau nickte zufrieden. »Das hätten wir geklärt. Ein Dämon würde sich niemals in die Nase zwicken lassen.« Sie kniff die Augen zusammen. »Traust du dir zu, den Boden zu wischen, nachdem ein betrunkener Daimyo sich darauf erbrochen hat?«

»Ja«, erwiderte Seikei und versuchte sich nicht allzu genau vorzustellen, wie das sein würde.

»Was, wenn ein Samurai ausfallend wird und die Geisha einzuschüchtern versucht? Was machst du dann?«

Seikei überlegte. »Ähm ... ihn bitten zu gehen?«

Die Frau kicherte. »Nein! Du musst dich von hinten an ihn ranschleichen und ihm mit einem Holzknüppel eins überziehen.« Sie ließ ihren Besenstiel auf das Geländer der Veranda krachen, um ihren Worten Ausdruck zu verleihen. »Und dann schmeißt du ihn auf die Straße. Kannst du das? Oder hast du zu viel Angst?«

»Aber ... ein Samurai kann jeden töten, der ihn verärgert.«

»Was meinst du, warum die ihre Schwerter am Tor von Yoshiwara zurücklassen müssen? Weil hier, in der Schwimmenden Welt, andere Gesetze gelten.« Die Frau reichte ihm den Besen. »Da«, sagte sie. »Du hast Glück, dass ich mich vorhin schon an meinem nutzlosen Neffen Kiru ausgetobt habe. Ich muss jemand Neues einstellen und zwar für heute Abend. Da kommst du mir gerade recht. Vielleicht ist es ein Omen, wer weiß? Ich bin Oba Koko. Wenn du bereit bist, mir von nun an bedingungslos zu gehorchen, darfst du bleiben.« Sie tat, als gewähre sie ihren Bediensteten ein großes Privileg.

Seikei folgte ihr ins Haus. Er hatte das dumpfe Gefühl, dass Oba Koko eine gestrengere Lehrmeisterin sein würde als Richter Ooka.

Und er sollte Recht behalten.

Seine neue Herrin führte ihn quer durchs Haus geradewegs in die hinten gelegene Küche. Eine stämmige Frau mit silbernen Strähnen im Haar würzte gerade einige frische Karpfen. Neben ihr standen zwei leere Gläser, ein großer Topf mit Reis und ein Krug Essig. Seikei hatte schon einmal gesehen, wie seine Mutter in Osaka diese Zutaten zum Haltbarmachen von Fisch verwendet hatte.

»Hier ist unser neuer Neffe«, sagte Oba Koko beiläufig zur Köchin. Dann wandte sie sich Seikei zu. »Das ist Ryori. Ihr musst du ebenfalls bedingungslos gehorchen.«

»Mein Name ist Seikei«, sagte er leise.

Oba Koko wischte seine Worte mit einer Handbewegung beiseite. »Wir werden dich Neffe nennen. Wenn man Leute beim Namen nennt, bringt sie das nur auf dumme Gedanken.«

Seikei wusste zwar nicht, was für dumme Gedanken sie meinte, beschloss aber, lieber nichts mehr zu sagen. Die Tür öffnete sich und ein Mädchen mit einem schweren Holzeimer taumelte in den Raum. Ein Schwall Wasser schwappte über den Rand auf den Fußboden.

»Sieh nur, was du angerichtet hast, Tsune«, schimpfte Oba Koko. »Wisch das sofort auf, du ungeschicktes Ding!«

»Es ist aber nicht meine Schuld«, wehrte sich das Mädchen. »Das Wasser will einfach nicht da bleiben, wo ich es hintue.«

»Was soll das heißen? Du hast es doch noch nirgends hingetan.«

»Doch, ich habe es in den Eimer getan«, sagte Tsune und zeigte auf den Eimer, als wäre Oba Koko schwer von Begriff.

»Schon gut, vergiss es. Wir haben hier wieder jemanden, der das von jetzt an übernimmt. Das ist unser neuer Neffe. Zeig ihm den Brunnen. Und wo steckt eigentlich Nui? Versteckt sie sich etwa wieder? Das ist wirklich das faulste Mädchen, das wir jemals hier hatten.«

Seikei nahm den Eimer und leerte ihn in ein Fass. Er verschüttete dabei keinen Tropfen und hoffte inständig, dass Oba Koko das gesehen hatte. Doch als er sich wieder umdrehte, begegnete er nur Tsunes finsterem Blick. Vermutlich dachte sie, er wolle sie schlecht dastehen lassen.

»Ich brauche noch sechs Eimer«, rief ihnen die Köchin hinterher, als Seikei und Tsune den Raum verließen.

Das Mädchen führte ihn in einen Hinterhof, den sich das Teehaus mit drei weiteren Gebäuden teilte – eins direkt nebenan gelegen, die anderen beiden gegenüber. In der Mitte des Hofes befand sich ein steinerner Brunnen und daneben standen ein paar Holzschuppen, die wohl als Lagerräume genutzt wurden.

Während Seikei einen Eimer Wasser hochzog, sagte Tsune: »Du darfst nicht so schnell arbeiten. Sonst geben sie dir gleich wieder was anderes zu tun.«

Seikei nickte. »Es gibt hier wohl sehr viel zu tun, nicht wahr?«

»Oh ja, wir müssen alles machen. Wir sind Sklaven, so ist das. Ich war gezwungen herzukommen, weil meine Mutter gestorben ist und mein Vater uns Kinder nicht alle ernähren kann. Also hat er mich als Älteste verkauft.«

»Verkauft? Einfach so?«

»Mein Vater hat Geld dafür bekommen, dass ich zehn Jahre lang hier arbeite. Aber Oba Koko sagt, jedes Mal, wenn ich etwas verschütte oder kaputtmache, kommt noch mehr Zeit hinzu. Sie führt Buch darüber, aber ich kann es nicht lesen.«

»Wie lange bist du schon hier?«

»Seit vier Jahren. Seit ich neun war. Aber wie kommst du denn hierher? Was ist mit Kiru?«

»Ich bin gerade vorbeigekommen, als Oba Koko ihn rausgeschmissen hat. Keine Ahnung, wieso sie das gemacht hat.«

»Sie schmeißt ihn immer wieder raus. Aber dann bittet und bettelt er, dass sie ihn wieder aufnimmt, und am Ende macht sie es. Sie hat nicht gern Jungen oder Männer im Haus – außer den Kunden natürlich. Aber manchmal braucht sie doch einen. Manche Gäste können ganz schön schwierig sein.«

Seikei trug den Eimer ins Haus, sorgfältig darauf bedacht, kein Wasser zu verschütten.

Tsune folgte ihm dicht auf den Fersen – zu dicht.

Seikei kam es vor, als wolle sie ihn absichtlich aus dem Gleichgewicht bringen.

Doch als er das Wasser ins Fass kippte, seufzte sie nur. »Ich wünschte, ich könnte das auch.« Da wurde Seikei klar, dass sie nur hatte abgucken wollen, wie er das Wasser so ohne Verluste transportierte.

»Nerv meinen Neffen nicht«, ging die Köchin dazwischen. »Du kannst da drüben ein paar Zwiebeln schälen.«

Tsune stöhnte, und Seikei meinte, eine Träne auf ihrer Wange gesehen zu haben, noch bevor sie überhaupt eine Zwiebel in die Hand genommen hatte.

Er ging wieder hinaus. Kaum war er in den Hof getreten, blieb sein Blick an einem Stück grüner Seide hängen – jemand versteckte sich hinter einem der Schuppen.

Neugierig ging Seikei um die Hütte herum. Ein Mädchen kauerte mit dem Rücken zu ihm am Boden und spähte zum Brunnen hinüber. Als er seinen Eimer absetzte, wirbelte das Mädchen erschrocken herum. Es war etwas jünger als Tsune, aber was viel auffälliger war – es hatten sich noch keine Sorgen in sein Gesicht eingebrannt. Seikei fand es wunderschön.

»Oh! Hast du mich erschreckt«, sagte das Mädchen. »Ich wusste nicht, dass noch jemand hier draußen ist.«

»Ich bin der neue Neffe von Oba Koko«, stellte Seikei sich vor.

»Hast du keinen richtigen Namen?«

»Doch. Seikei.«

Das Mädchen nickte. »Ich heiße Nui.«

Jetzt verstand Seikei, warum sie sich versteckt hielt. »Oba Koko sucht dich schon.«

Nui warf schnaubend den Kopf in den Nacken. »Sie will mir doch bloß wieder irgendeine Arbeit aufdrücken.«

Eingedenk dessen, was ihm selber aufgedrückt worden war, ging Seikei wieder zum Brunnen und ließ den Eimer hinab. Nui folgte ihm, wobei sie sich ständig umschaute, ob sie auch nicht gesehen wurde.

»*Musst* du denn nicht arbeiten?«, fragte Seikei. »Ich meine, Oba Koko kann dich doch rauswerfen, wenn du ihren Befehlen nicht folgst.«

»Nein, das wird sie nicht.« Nui klang selbstsicher. »Sie hat meinem Vater ziemlich viel Geld für mich bezahlt. Den Verlust könnte sie sich nicht leisten.«

Seikei schüttete das Wasser vom Brunnentrog in den Eimer. »Ich muss das in die Küche bringen. Aber ich komme gleich wieder.«

Nui lachte. »Ich soll also auf dich warten?«

Ertappt zuckte Seikei mit den Schultern. »Nur wenn du willst.«

»Wenn du mir eine Persimone mitbringst, warte ich«, versprach Nui. »Die Köchin hält sie in einer Kiste neben der Tür unter Verschluss.«

Seikeis Herz klopfte wild. Er kehrte, Nuis Gesicht vor Augen, in die Küche zurück und schüttete das Wasser ins Fass. Tsune stand vor einem Tisch, schnitt Zwiebeln und schniefte dabei lautstark. Doch Seikei beachtete sie nicht. Er hatte die Kiste mit den orangeroten, reifen Persimonen entdeckt.

Die Köchin drehte ihm gerade den Rücken zu und Tsunes Augen waren blind vor Tränen. Auf dem Weg zur Tür schnellte Seikeis Hand hervor, als handle sie aus eigenem Antrieb, und schnappte eine Frucht aus der Kiste.

Mit weichen Knien blieb er auf dem Flur stehen. Noch nie hatte er irgendwas gestohlen. Er konnte sich selbst nicht erklären, wie es jetzt hatte dazu kommen können.

Ich weiß wie, gestand er sich ein. Ich wollte, dass Nui sieht, dass ich mutig genug dazu bin. Aber was, wenn ihm jemand auf die Schliche kam? Er würde mit Sicherheit hinausgeworfen werden, wenn nicht gar dem örtlichen Magistrat vorgeführt. Damit hätte er große Schande auf sich geladen.

Aber dann dachte Seikei daran, warum er hier eingeschleust worden war – er sollte so viel wie möglich über den Tod der Geishas in Erfahrung bringen. Und vielleicht wusste Nui ja etwas Wichtiges. Seikei war darauf angewiesen, ihr Vertrauen zu gewinnen. Wenn der Preis dafür eine gestohlene Persimone war, nun, dann musste er ihn eben bezahlen.

Wenigstens schien niemand bemerkt zu haben, dass er die Frucht genommen hatte. Im Hof stand Nui am Brunnen und starrte hinunter.

»Hier, die Persimone«, sagte Seikei und hielt ihr die Frucht hin.

Das Mädchen sah nur flüchtig hin. »Ach, die will ich jetzt gar nicht mehr. Ich wollte nur testen, ob du sie mir bringst.«

Seikeis Hand zitterte. Wie konnte er sich bloß so zum Narren halten lassen? Er schob sich an Nui vorbei, um den Eimer abzuseilen.

»Nicht so ruppig«, protestierte das Mädchen.

»Wieso sollte ich denn freundlich zu dir sein?«

»Weil ich sonst Oba Koko erzähle, dass du ein Dieb bist.«

Seikei hätte sich am liebsten in den Brunnen gestürzt. »Du hast mich doch darum gebeten, dir die Persimone mitzubringen«, jammerte er verzweifelt.

»Wieso hast du einen Samurai-Haarschnitt?«, schwenkte das Mädchen plötzlich um.

Seikei beschloss, ab sofort nichts mehr zu sagen. Sollte Nui doch versuchen, ihn weiter zu provozieren. Vielleicht entschlüpfte ihr dabei irgendeine Information, die er gebrauchen konnte.

»Ach natürlich«, spottete Nui, nachdem klar war, dass von Seikei keine Antwort kommen würde. »Ich kann's mir schon denken. Wahrscheinlich wünschst du dir in deinem tiefsten Inneren, ein heldenhafter Samurai zu sein.«

Seikei hievte den Eimer aus dem Brunnen, überrascht, wie leicht Nui ihn zu durchschauen schien. Vielleicht war *sie* ja der mörderische Dämon, nach dem sie suchten.

»Keiner von uns kann sein Schicksal selbst bestimmen«, fuhr Nui fort und musterte ihn eindringlich. »Ich glaube, es ist dir nicht bestimmt, ein Samurai zu werden.«

Seikeis Gesicht war ganz heiß, so sehr musste er sich zusammenreißen, um die Sticheleien des Mädchens nicht zu erwidern.

Er ließ eine Hand in den Eimer gleiten und spritzte sich etwas Wasser ins Gesicht.

»Mein Schicksal hingegen ist es«, verkündete Nui, »eine Geisha zu werden. Da bin ich mir ganz sicher. Und Oba Koko auch. Deswegen wird sie mich nie entlassen oder an ein anderes Teehaus verkaufen.« Sie drehte Seikei den Rücken zu und zog hinten den

Kimono ein bisschen herunter – gerade so weit, dass ihr Nacken entblößt war. »Schau mal«, sagte sie. »Findest du nicht, dass ich mindestens so schön bin wie eine Geisha?«

Der Nacken einer Frau galt als Schlüssel zu ihrer Schönheit. Seikei musste einfach hinsehen. Nuis Nacken war so anmutig wie der eines Schwans.

Der Junge versuchte wegzuschauen, war aber wie gebannt.

Nui rückte ihren Kimono wieder zurecht und drehte sich zu Seikei um. Kühn sah sie ihm in die Augen. Ihm war, als könne sie ihn jederzeit mühelos dazu bringen, ein ganzes Fass voller Persimonen zu stehlen.

»Sobald mich eine Geisha als ihre Schülerin aufnimmt, werde ich Oba Koko weit mehr einbringen, als sie mit diesem Teehaus jemals verdienen kann«, erklärte das Mädchen. »Aber das reicht mir nicht. Ich möchte, dass mich ein Daimyo – und es muss ein sehr reicher sein – so lange mit Geschenken überhäuft, bis ich endlich einwillige, mein Leben als Geisha aufzugeben und ihn zu heiraten.«

Da tauchte plötzlich Oba Koko auf der Türschwelle auf. »Ach, hier steckst du, Nui«, sagte sie. »Ich hab dich schon überall gesucht.«

»Ich hab nur kontrolliert, ob der neue Neffe das Wasser auch richtig schöpft«, erwiderte das Mädchen. »Ich glaube, er ist ziemlich dumm, er redet nämlich kaum etwas.«

»Das soll mir nur recht sein – *du* redest im Gegenteil zu viel«, gab Oba Koko zurück. »So, und jetzt kommt rein, alle beide. Der Magistrat ist hier. Er will jeden im Haus befragen.«

Und noch ein Dieb

Als er die Küche betrat, ließ Seikei die Persimone unbemerkt aus dem Ärmel zurück in die Kiste gleiten und nahm sich vor, nie wieder zuzulassen, dass Nui ihn in die Falle lockte.

Oba Koko führte die Köchin, Seikei, Nui und Tsune in ein Teezimmer. Richter Ooka und ein weiterer Mann saßen auf den Ehrenplätzen vor einer Papierrolle. Die Eintretenden verbeugten sich und knieten sich auf den Boden.

»Sind das alle Angehörigen des Haushalts?«, fragte der Begleiter des Richters.

»Nur meine greise Mutter fehlt, Herr«, antwortete Oba Koko. »Aber sie ist zu gebrechlich, um ihr Zimmer zu verlassen.«

»Was, wenn hier ein Feuer ausbrechen würde?«, fragte der Mann. »Was würde sie denn dann tun?«

Oba Koko blinzelte überrascht. »Nun ... dann würden wir sie aus der Gefahrenzone heraustragen.«

Der Mann nickte. »Dir ist sicher bewusst, wer ich bin – Odozo, der vom Shogun persönlich damit beauftragt wurde, über Yoshiwara zu wachen. Und dies ist Richter Ooka, offizieller Abgesandter des Shoguns. Er hat mich darüber in Kenntnis gesetzt, dass sich vermutlich ein Verbrecher übelster Sorte hier in Yoshiwara aufhält.«

Obwohl diese Nachricht sie nicht im Geringsten überraschen konnte, stieß Oba Koko ein lang gezogenes »Aaaaaaah!« aus, das die Köchin und die beiden Mädchen sofort nachahmten. Wahrscheinlich wird das von mir auch erwartet, dachte Seikei und schrie ebenfalls.

»Wir wollen, dass ihr nach merkwürdigen Gestalten in diesem Bezirk Ausschau haltet«, fuhr Odozo fort und deutete auf die Besitzerin des Teehauses. »Kannst du für alle bürgen, die deinem Haushalt angehören?«

Nui spähte über die Schulter zu Seikei und zog eine Augenbraue hoch. Selbst jetzt machte sie sich noch über ihn lustig.

»Den Jungen habe ich gerade erst eingestellt«, sagte Oba Koko.

»Dann werden wir ihn nachher ausgiebig durchleuchten«, ging Richter Ooka dazwischen. »Erst einmal möchte ich euch aber alle warnen – lasst euch von keinem Fremden nach draußen einladen.«

»Aber nein, das würde niemand hier machen, Herr.« Die Besitzerin der *Fallenden Kirschblüten* war sichtlich empört. »Meine Nichten würden nie so etwas Ungehöriges tun.«

»Sie würden vielleicht gar nicht denken, dass der Anlass der Einladung ungehörig sein könnte«, beharrte der Richter. »Es könnte sich erst später herausstellen, wie gefährlich es ist.«

»Von nun an«, fügte Odozo hinzu, »muss jedes Teehaus über seine Gäste Buch führen – und selbstverständlich auch über die Geishas, die mit ihren Kunden hierherkommen.«

Oba Koko stöhnte leise, was um einiges ehrlicher klang als der Schrei von vorhin. Als die Mädchen sie nachzuahmen versuchten, drehte sie sich wütend zu ihnen um: »Psssst!«

»Viele Kunden möchten nicht, dass ihre Namen bekannt werden«, gab sie zu bedenken. »Manchmal geben sie auch falsche Namen an.«

»Du wirst trotzdem jeden Namen aufschreiben, ob falsch oder nicht. Das ist ein Befehl.« Odozo sah zu Richter Ooka – als würde er ihn stumm fragen, ob er richtig gehandelt hatte.

»Die anderen dürfen jetzt gehen«, sagte der Richter. »Du bleibst da.« Er zeigte auf Seikei.

Oba Koko sah unglücklich drein. »Er hat mir geschworen, dass er ehrlich ist«, klagte sie. »Ich übernehme keine Verantwortung für Dinge, die er getan haben mag.«

Der Richter schnitt ihr mit einer Handbewegung das Wort ab.

Die Schiebetüren des Hauses boten keinen besonders guten Schutz gegen etwaige Lauscher. Und so winkte der Richter Seikei ganz nah zu sich und Odozo heran.

»Ich möchte, dass du hierbleibst«, sagte er leise. »Halte nach jedem Zeichen Ausschau, das auf den Verbrecher deuten könnte.«

»Suche ich einen Brandstifter oder den Mörder der Geishas und des Teehaus-Mädchens?«, fragte Seikei.

»Ich glaube, der eine würde zum anderen führen und umgekehrt«, antwortete sein Lehrmeister.

»Wir haben doch noch gar keinen Beweis dafür, dass überhaupt jemand in Yoshiwara ermordet wurde«, wandte Odozo ein.

Richter Ooka nickte. »Sobald wir den Mörder haben, haben wir auch die Beweise.«

Odozo wirkte verdrossen. Seikei spürte, dass der Magistrat von Richter Ookas Beistand nicht gerade angetan war. Was auch immer die beiden unter vier Augen besprochen hatten – es hatte Odozo nicht gefallen.

Der Magistrat räusperte sich. »Besonders erfahren sieht der Junge jedenfalls nicht aus …«

»Er ist sehr aufmerksam«, entgegnete Richter Ooka. »Und erfinderisch.«

Da fiel Seikei wieder ein, was er den Richter hatte fragen wollen. »Wenn ich etwas herausfinde, was Ihr wissen solltet – wie kann ich Euch dann eine Nachricht zukommen lassen?«

»Du kannst Odozo alles berichten, was dir auffällt. Er kann dann einen Boten zu mir schicken.«

Der Magistrat presste die Lippen aufeinander. Dieser Plan gefiel ihm wohl noch weniger.

»Jetzt, nachdem Ihr sie gewarnt habt«, sagte Seikei, »wird die Besitzerin des Teehauses, Oba Koko, mir gegenüber bestimmt misstrauisch sein. Vielleicht entlässt sie mich sogar. Sie scheint damit recht schnell bei der Hand zu sein.«

»Ich werde ihr mitteilen, dass wir dich überprüft und für unverdächtig befunden haben«, sagte der Richter. »Und Odozo wird ihr dringend empfehlen, dich zu ihrem Schutz hierzubehalten.«

Seikei lächelte insgeheim, als er daran dachte, wie Nui wohl reagieren würde, wenn sie davon hörte. Aber er sagte nur: »Oba Koko hat gesagt, ich soll ihr immer bedingungslos gehorchen.«

»Tu nach Möglichkeit, was sie verlangt«, sagte der Richter. »Aber denk immer an unser Ziel. Wir müssen die Person finden, die in Edo Feuer legt, bevor sie ein weiteres Mal zuschlägt.«

Seikei hätte gern gefragt, welche Verbindung es zwischen dem Brandstifter und dem Tod der drei Frauen aus Yoshiwara gab – außer diesem Kimono. Doch er vertraute darauf, dass Richter Ooka den Pfad des Verbrechers deutlicher erkennen konnte als er selbst.

Da in der Küche immer noch Wasser gebraucht wurde, nahm Seikei seine Arbeit wieder auf. Nui war nirgendwo zu sehen, doch Tsune und die Köchin warfen ihm seltsame Blicke zu. Oba Koko folgte ihm auf den Hof hinaus.

»Bleib mal kurz stehen«, sagte sie.

Seikei gehorchte verwundert. Die Teehausbesitzerin holte eine kleine kegelförmige Papiertüte aus ihrem Kimono und ließ daraus Salz auf den Boden rieseln, und zwar so, dass Seikei inmitten eines Salzkreises stand.

»Versuch mal da rauszukommen«, sagte sie.

Seikei stieg mühelos aus dem Kreis.

»Hm«, murmelte Oba Koko. »Das ist schon mal gut. Aber vielleicht setzt du ja auch irgendeinen Zauber ein.«

»Oba Koko«, sagte Seikei, »Ihr habt mich in die Nase gezwickt und jetzt den Salzkreis ausprobiert. Ihr könnt doch unmöglich immer noch denken, dass ich ein Dämon bin!«

»Warum denn nicht?«, gab sie zurück. »Oder glaubst du etwa, dass Dämonen immer nur mit hässlicher Fratze auftreten?«

»Hat Richter Ooka Euch nicht gesagt, dass er mich überprüft hat?«

»Pah«, tat Oba Koko seinen Einwand ab. »Was weiß der schon? Ich hab zwar schon viel Gutes von ihm gehört – angeblich soll er schon am Geruch erkennen, ob jemand schuldig ist oder nicht. Aber ich werde dich trotzdem im Auge behalten. Dämonen können jeden täuschen, auch diesen dicken, fetten Richter.«

Seikei biss sich hastig auf die Zunge, um nichts zu entgegnen.

»Egal was der Richter sagt – bilde dir bloß nicht ein, du dürftest im Haus schlafen. Du wirst genau da untergebracht, wo Kiru und die anderen Neffen auch schon gewohnt haben.« Sie deutete auf einen kleinen Schuppen, der an die Rückwand des Hauses angebaut worden war.

»Aber von da aus kann ich Euch doch nicht beschützen«, wandte Seikei ein.

»Ich schlage schon Alarm, wenn ich Hilfe brauche. Und jetzt setz dich wieder in Bewegung und hol Wasser. Ich muss dir noch deine anderen Aufgaben zuweisen, bevor die Abendgäste eintreffen. Außerdem wirst du neu eingekleidet. Alle meine Angestellten tragen zueinanderpassende Kimonos oder Anzüge.«

Nachdem Seikei den letzten Eimer in die Küche gebracht hatte, gab die Köchin ihm einen Teller mit Reis und Gemüse. Tsune, die mittlerweile mit dem Zwiebelschälen fertig war und Walnüsse knackte, sah ihn neidisch an. Seikei fühlte sich unbehaglich.

»Könnte Tsune auch eine Schale Reis haben?«, fragte er die Köchin.

»Sie wird etwas bekommen, wenn sie mit ihrer Arbeit fertig ist«, antwortete Ryori. »Wenn man das Pferd füttert, bevor man es ausspannt, pflügt es den Acker nicht mehr.«

Etwas Ähnliches hatte auch Seikeis leiblicher Vater immer gesagt.

»Außerdem«, fuhr sie fort, »hast du später keine Zeit mehr zum Essen, du musst damit warten, bis alle Gäste gegangen sind. Also iss, wir müssen dich schließlich bei Kräften halten, damit du uns beschützen kannst.« Sie lachte bei dem Gedanken und Seikei errötete.

Es schmeckte ihm gut. Während er in sich hineinschaufelte, begegnete er Tsunes Blick. Das Mädchen lächelte dankbar, weil er die Köchin nach Reis für sie gefragt hatte.

Als Seikei fertig war, zeigte Oba Koko ihm die Räumlichkeiten des Teehauses. Es gab drei große Feierzimmer für bis zu zwölf Personen und mehrere kleinere Räume, in die sich die Geishas mit ausgesuchten Kunden zurückziehen konnten.

»Die wichtigste Geisha, die heute hier sein wird, heißt Umae«, erklärte Oba Koko. »Aber du darfst ihr Zimmer nur betreten, wenn sie dich ruft. Nui und Tsune werden ihr alles aus der Küche bringen, was sie braucht.«

»Und wofür bin ich dann da?«

»Das habe ich doch vorhin schon gesagt. Du stehst bereit, um Gäste rauszuwerfen, die sich ungehörig verhalten.«

Seikei nickte und betete innerlich, dass dies nicht so häufig nötig sein würde.

Oba Koko sah ihm seine Unsicherheit an. »Die Entscheidung liegt nicht bei dir«, sagte sie. »Die Geishas geben dir ein Zeichen, wenn sie Hilfe brauchen. Meistens geht es nur darum, dass Gäste zu viel getrunken haben und zum Abort begleitet werden müssen – oder zur Tür hinaus. Rufe ihnen dann einen Kago, der sie zur Fähre nach Edo zurückbringt. Die kühle Nachtluft macht ihren Kopf schon wieder frei. Und wenn nicht, auch egal – das ist dann nicht mehr unser Problem.«

»Sie müssen zum Abort begleitet werden?«, wiederholte Seikei. Der Gedanke gefiel ihm gar nicht.

»Ja. Er ist draußen gleich neben dem Schuppen, in dem du schläfst. Sorge dafür, dass der Gast nicht in den Abort reinfällt. Die Behörden machen immer einen Riesenaufstand, wenn das geschieht.« Sie wedelte mit einer Hand durch die Luft. »Ich muss mich jetzt fertig machen. Steig du auch aus deinen Sachen. Im Schuppen findest du die passenden Kleider für den Abend.«

Der Bretterverschlag war sehr dunkel. Eine Latte war durch einen Streifen Reispapier ersetzt worden, nur hier sickerte etwas Licht herein. Eine aufgerollte Tatami-Schlafmatte lehnte an einer Wand. In einem schlichten Holzschrank fand Seikei zwei pflaumenblaue Beinkleider und die dazugehörigen Jacken, die außer einigen weißen Leinenstreifen keinerlei Verzierungen aufwiesen. Sie waren ziemlich knittrig und mussten auch dringend gewaschen werden.

Das würde er zuerst tun. Seikei ging nach draußen und hievte einen Eimer Wasser aus dem Brunnen. Von der Köchin bekam er ein paar Orangenschalen. Er warf sie in den Kübel und schrubbte in dieser Lösung eine Hose und eine Jacke so gut es ging sauber. Dann wrang er die Sachen aus und hängte sie an einem Pfosten zum Trocknen auf.

Da im Augenblick niemand eine Aufgabe für ihn zu haben schien, setzte sich Seikei in den Schuppen und überlegte. Seine Pflichten im Teehaus waren ideal als Ausgangsbasis für das, was der Richter ihm auferlegt hatte. Wenn alles gut ging, würde er still irgendwo sitzen und die Gäste beobachten können. Wenn ich doch nur so scharfsinnig wäre wie Richter Ooka!, dachte er. Dann könnte ich sofort den Täter erkennen.

Der Richter hatte Seikei einmal erklärt, ein Verbrecher sei wie ein Baum, der ganz krumm und vom Wind gebeutelt gewachsen sei: »Die meisten Menschen wollen im Einklang mit den anderen leben. Sie wissen, dass dies der beste Weg ist, Frieden und Ordnung zu erhalten. Verbrecher hingegen zerstören diesen Einklang. Sie haben immer gute Gründe dafür – zumindest aus ihrer Sicht. Wenn man den Grund findet, findet man auch den Verbrecher.«

Aber aus welchem Grund sollte jemand Geishas umbringen? Schließlich waren das doch Frauen, die anderen Leuten etwas Gutes taten. Sie waren dazu ausgebildet, ihre Kunden zu unterhalten, ihnen eine angenehme Zeit zu bereiten. Eine schlechte Geisha, die jemandem Grund gab, sie zu ermorden, wäre längst aufgefallen. Ganz sicher hätte sie in Yoshiwara nirgendwo mehr Arbeit gefunden.

Und die Verbindung zwischen den Geishas und den Bränden? Die Frage verwirrte Seikei noch mehr. Ein Brandstifter musste ein richtig böser Mensch sein. Schließlich verschuldete er den Tod vieler Menschen und brachte ganze Familien um ihr Hab und Gut. Immer noch wurde in Edo ehrfürchtig von der Großen Furisode-Feuersbrunst gesprochen, die viele Jahre zuvor während der Herrschaft von Kaiser Gosai die Stadt verwüstet hatte. Mehr als einhunderttausend Menschen waren damals ums Leben gekommen. Viele von ihnen waren in der Panik zu Tode getrampelt worden, als alle gleichzeitig versucht hatten, sich in Flüsse und Wassergräben zu retten.

Das ohnehin schwache Licht im Schuppen war mittlerweile noch düsterer geworden. Die Sonne war untergegangen und Seikei saß im Dunkeln. Höchste Zeit, sich für seinen abendlichen Einsatz umzuziehen. Er stand auf und ging nach draußen. Im bleichen Zwielicht konnte er genug erkennen, um zu sehen, dass seine Arbeitskleidung verschwunden war. Wie konnte das sein? Seikei sah überall nach, ob sie vielleicht der Wind davongeweht hatte, aber vergeblich.

Dann wurde er wütend. Ihm fiel nur eine Person ein, die so gemein sein konnte, ihm seine Kleider zu stehlen. Seikei stürmte ins Teehaus, um sie zur Rede zu stellen.

Eine merkwürdige Begegnung

»Wo ist Nui?«, fragte Seikei die Köchin.

Ryori sah ihn misstrauisch an. »Wieso?«

Seikei zögerte. Er wollte nicht, dass jemand erfuhr, dass seine Kleider gestohlen worden waren. Dann würden alle den Jungen auslachen, der doch eigentlich dazu da war, die anderen zu beschützen.

Und so richtete er seinen Zorn gegen sich selbst: Er war selber schuld, dass Nui ihm die Sachen gestohlen hatte – er hätte sie eben nicht so fahrlässig draußen hängen lassen sollen. Er hatte sich von Nuis Schönheit einlullen lassen und hatte ihren wahren Charakter verkannt. Von nun an würde er wesentlich wachsamer sein.

»War sie denn in letzter Zeit mal in der Küche?«, fragte er.

»Nein«, erwiderte Ryori. »Sie ist oben mit Tsune. Sie ziehen sich um. Es wird Zeit, dass du das auch tust.«

Da Oba Koko ihm verboten hatte, nach oben zu gehen, konnte Seikei jetzt nichts ausrichten. Also ging er wieder in den Schuppen. Die Hose und die Jacke, die ihm geblieben waren, waren völlig zerknittert und voller Flecken. Er hatte keine Zeit mehr, sie zu waschen und zu trocknen, sondern konnte nur einige der schlimmsten Flecken grob mit einem feuchten Tuch ausreiben.

Rasch schlüpfte er in die Teehaus-Uniform, faltete seine eigenen Kleider zusammen und versteckte sie in der aufgerollten Schlafmatte. Natürlich konnte jeder während seiner Abwesenheit den Schuppen durchsuchen, aber eine andere Möglichkeit hatte er im Augenblick einfach nicht.

Als er wieder in die Küche kam, musterte Ryori ihn finster und runzelte die Stirn. »Ich dachte, du wolltest die Sachen waschen?«

»Hab ich auch, aber die sind noch nicht trocken«, sagte Seikei und murmelte eine Entschuldigung.

»Dann hättest du sie besser auswringen sollen«, schimpfte die Köchin. »Du siehst ja sogar noch schlimmer aus als Kiru. Und ich dachte, das wäre gar nicht möglich.«

Seikei senkte beschämt den Kopf. »Morgen mache ich alles besser.«

»Halte dich heute in einer dunklen Ecke, damit dich keiner sieht. Die Geishas wollen, dass in einem Teehaus alles erstklassig ist.«

»Kann ich Euch irgendwie behilflich sein?«

»Nimm die Stange da und zünde die Laternen auf der Veranda an.«

Am Ende der Stange steckte eine Kerze. Seikei entfachte sie und ging nach draußen. Vorsichtig zündete er die Kerzen in den Papierlampions eine nach der anderen an, bis sie alle wie rote, blaue und grüne Blüten vor dem Nachthimmel aufleuchteten.

Auch in den anderen Häusern der Straße wurden die Lichter angemacht. Es sah aus, als sollte gleich ein fröhliches Fest beginnen. Das Kiefernharz der Kerzen verströmte einen süßlichen Duft. Überall huschten Diener herum, schleppten Krüge mit Sake, bündelweise Kerzen und Säcke voller Früchte für die abendlichen Veranstaltungen herbei.

Ein Kago, von zwei stämmigen Männern getragen, kam die Straße entlang. Er erinnerte Seikei an die Sänfte, in der er früher oft mit seinem Vater gereist war. Doch dieser Kago war wesentlich geräumiger und mit gelber Knitterseide sowie kleinen Stein- und Muschelstückchen verziert, in denen sich die Lampions in allen Farben spiegelten.

Zu Seikeis Überraschung setzten die Träger die Sänfte direkt vor Oba Kokos Teehaus ab. Die Tür glitt auf und heraus trat die schönste Frau, die Seikei je gesehen hatte.

Sie war natürlich eine Geisha. Ihr Gesicht war mit weißer Schminke bedeckt, die in starkem Kontrast zu ihren strahlend roten Lippen, den schwarz umrandeten Augen und den hoch auf der Stirn nachgemalten Augenbrauen stand. Sie trug eine dichte schwarze Perücke, aus der mehrere Kanzashi herausragten –

kunstvoll gearbeitete Haarnadeln, die aus Elfenbein, Silber und seltenen, schön gemaserten Holzarten gefertigt wurden.

Der Kago stand so nah an der Treppe zum Teehaus, dass die Geisha nur drei winzige Schritte machen musste. Dann raffte sie die Schöße ihres Kimonos hoch, sodass sie einen Fuß auf die erste Stufe setzen konnte. Seikei vermutete, dass das Gewand sehr schwer sein musste, denn es war aus dickem Brokatstoff gemacht und mit vielen Blumen bestickt.

Auf einmal ging die Tür des Teehauses auf und Oba Koko stürzte heraus. »Irasshaimase! Willkommen!«, rief sie. »Wir fühlen uns geehrt, Euch in unserem Haus beherbergen zu dürfen, Umae.« Sie verbeugte sich tief und hielt der Geisha eine Hand hin, um ihr die Stufen hinaufzuhelfen.

Doch Umae würdigte die Alte keines Blickes. Seikei kam es vor, als wolle sie sich in ihrem anmutigen Gang von niemandem stören lassen.

Da fiel Oba Kokos Blick auf Seikei. »Aiii!«, schrie sie. »Aus dem Weg, du dummer Junge! Lauf und sag Nui, dass Umae gekommen ist!«

Seikei hatte Umae überhaupt nicht im Weg gestanden. Doch er gehorchte, ohne zu widersprechen.

Umae war die wahrscheinlich berühmteste Geisha von Edo. Niemand wusste, wie alt sie war, denn sie war so gekonnt geschminkt, dass sie alterslos schien. Sie galt als Meisterin der Unterhaltung. Seikei hoffte, dass er ihre Künste am Abend miterleben würde.

Im Haus wäre er beinahe mit Nui zusammengestoßen, die gerade die Treppe herunterkam. Auch sie trug einen pflaumenblauen Kimono mit dem Wappen des Teehauses. Doch ihr Gewand war so strahlend und sauber, wie Seikeis schäbig und schmutzig war, und sie trug dazu einen blitzenden weißen Obi, der sie noch hübscher erscheinen ließ. Ihr Anblick ließ Seikei beinahe vergessen, dass sie seine frisch gewaschenen Sachen gestohlen hatte.

Das Thema konnte er jetzt jedenfalls unmöglich ansprechen! »Umae ist gekommen«, sagte er nur.

Nuis Augen blitzten vor Freude. »Mach dich bloß so unsichtbar wie möglich«, raunte sie ihm ruppig zu. »Ich möchte, dass Umae vom Teehaus einen guten Eindruck bekommt.«

Seikei schluckte seine Antwort wütend hinunter. Er hätte zu gern gesagt, dass er bestimmt viel besser aussehen würde, wenn nicht jemand seine Kleider gestohlen hätte. Doch er stapfte nur wieder hinters Haus und übersah vor lauter Ärger Tsune, die gerade mit einem Tablett voller Süßigkeiten aus der Küche kam. Sie stießen zusammen und die Platte wäre um ein Haar auf den Boden gefallen.

»Pass doch auf!«, fuhr Tsune ihn an.

Seikei entschuldigte sich.

»Schon gut. Wir sind alle aufgeregt wegen Umae.«

»Sie ist schon da«, meldete Seikei. »Und sowohl Oba Koko als auch Nui tun so, als wäre ich der letzte Abschaum.«

»Sie wollen einen guten Eindruck machen, weil Nui sich Hoffnungen macht, Umaes ›Kleine Schwester‹ werden zu können.«

Seikei blinzelte verdutzt. »Du meinst, Umae soll sie adoptieren?«

»Nein. ›Kleine Schwester‹ werden heißt, dass Nui Umaes Schülerin wäre. Man kann nur Geisha werden, wenn man von einer anderen Geisha als Lehrling aufgenommen wird. Und weil Umae so angesehen ist, wäre Nui damit auf einen Schlag berühmt – und Oba Koko würde an ihren Einkünften beteiligt werden.«

»Ich verstehe«, sagte Seikei.

»Kann ich dir ein Geheimnis anvertrauen?«, fragte Tsune.

»Sicher.« Vielleicht erhielt er ja jetzt endlich eine Information, die für den Richter wertvoll wäre.

»Ich habe auch einen Traum.«

»Wirklich? Willst du auch Geisha werden?« Seikei wollte es nicht sagen, aber er konnte sich nicht vorstellen, dass das klappen könnte.

»Nein«, sagte Tsune und legte sich eine Hand an den Mund, um ein Lächeln zu verbergen. »Geishas sind dazu da, Männern zu gefallen. Das ist alles, was sie machen. Auch in der Zeit, die sie nicht mit Männern verbringen, tun sie nichts anderes, als sich noch weiter zu verschönern oder ihre Sing- und Tanzkünste zu vervollkommnen. So etwas möchte ich nicht.«

»Aber …«, Seikei dachte an das, was Nui gesagt hatte, »… sie verdienen ziemlich viel Geld.«

»Du hörst dich an wie ein Kaufmann«, sagte Tsune.

Seikei lief sofort rot an – der Stich hatte tiefer gesessen, als Tsune ahnen konnte.

»Nein«, fuhr sie fort. »*Mein* Traum ist es, eines Tages ein Teehaus zu besitzen. Vielleicht sogar dieses hier.« Sie sah sich um. »Oba Koko wird schließlich nicht ewig leben.«

Seikei war überrascht. »Nun ja«, gab er zu bedenken, »dann bist du aber auch immer damit beschäftigt, Männern gefällig zu sein.«

»Ganz frei ist niemand«, gab Tsune zu, »aber Schönheit ist vergänglich. Irgendwann muss selbst eine Umae sich aus dem Beruf zurückziehen. Und trotz des vielen Geldes, das sie jetzt verdient, wird sie dann sehr einsam sein. Oba Koko hingegen kann jederzeit neue Geishas einstellen. Sie kümmert sich um ihre alte Mutter – und hat jede Menge Leute in ihrer Umgebung, die sie herumscheuchen kann. Das ist doch viel beneidenswerter, oder?«

Seikei schüttelte erstaunt den Kopf. Tsune war offenbar doch viel schlauer, als er gedacht hatte.

Es dauerte nicht lange und die ersten Gäste trafen ein. Umae hatte bekannt gegeben, dass sie sich das Teehaus *Fallende Kirschblüten* als neuen Standort für ihre abendlichen Unterhaltungen ausgesucht hatte. Und ihre besonderen Kunden folgten ihr.

Seikei suchte sich einen Platz, von dem aus er die Gäste beobachten konnte, ohne im Weg zu sein. Vom

Eingangsbereich ging ein kleines Zimmer ab, in dem die Geishas sich aufhielten, wenn sie ihre Kleidung zurechtrücken oder die Schminke auffrischen mussten. Wenn er die Tür einen Spaltbreit offen ließ, konnte Seikei sehen, wie Oba Koko die Kunden in Empfang nahm.

Der Mann, der als Erster kam, hatte sich in einem der Läden nahe der Fähre einen großen Strohhut gekauft. Als er ihn abnahm, erkannte Seikei, warum er seine wahre Identität verbergen wollte – es war Genda, ein hochrangiger Beamter am Hof des Shoguns. Seikei war ihm in Richter Ookas Haus in Edo ein paarmal begegnet. Genda war ein Ometsuke – seine Aufgabe bestand darin, andere Beamte auszukundschaften und zu überprüfen, ob sie etwas Unrechtes taten.

Ein Teehaus in Yoshiwara aufzusuchen war zwar kein Verbrechen, doch jeder wusste, dass der Shogun dies keineswegs guthieß. Er befürchtete, die Männer könnten so süchtig nach den Vergnügungen des Viertels werden, dass sie ihre Pflichten vernachlässigten.

Und dennoch war Genda hier. Das wird den Richter sicher interessieren, dachte Seikei. Genda war nämlich ein äußerst missgünstiger Mensch. Er neidete Richter Ooka den Respekt, den die Leute ihm entgegenbrachten, und war darum immer auf der Suche nach irgendeinem Fehler im Verhalten des Richters, den er dem Shogun petzen könnte. Den alten Samurai Ooka kümmerte das nicht. »Es ist seine Aufgabe, das zu tun«, hatte er einmal zu Seikei gesagt. »Und ich darf genauso wenig von Kritik und Verdacht befreit werden wie jeder andere.«

Doch Seikei wusste, dass Bunzo und die anderen Samurai im Dienste des Richters Genda verachteten. Sie würden sicher dankbar sein, wenn Seikei einen Makel an dessen Verhalten aufdeckte. Ein Teehaus aufzusuchen war eines Beamten, der dem Shogun gefällig sein wollte, auf keinen Fall würdig.

Kurze Zeit später traf der zweite Gast ein. Er trug keine Verkleidung und war mit dem Haarknoten am Hinterkopf eindeutig als Samurai zu erkennen, auch wenn er seine beiden Schwerter am Wächterhaus hatte zurücklassen müssen. Seikei hörte, wie die Teehausbesitzerin ihn Jugoro nannte. Der Mann war jung und gut aussehend und wirkte so, wie Seikei sich einen heldenhaften Samurai vorstellte.

Nachdem Oba Koko Jugoro in das Zimmer geführt hatte, in dem Umae wartete, kehrte sie wieder in den Eingangsbereich zurück. Seikei fuhr erschrocken zusammen, als sie plötzlich die Tür zu seinem Versteck aufschob. »Was hast du hier zu suchen, du Faulpelz?«, herrschte sie ihn an. Aber sie flüsterte dabei, wohl um ihre Gäste nicht zu stören.

»Ihr habt doch gesagt, ich soll mich abseits halten, Tante«, sagte er. »Ich wollte nur bereit sein – für den Fall, dass ich gebraucht werde.«

»Na, du hast aber eine schlaue Zunge. Zufällig habe ich auch schon eine Aufgabe für dich.« Sie reichte ihm ein Stück Papier. »Ich fürchte, wir werden heute zu viele Gäste haben – Umae wird nicht alle allein unterhalten können. Bring das hier in die nächste Straße Richtung Westen. Drittes Haus auf der rechten Seite, vom hinteren Ende aus gesehen. Gib es dem Mädchen, das die Tür aufmacht. Und sag ihr, dass Maiko die Nachricht sofort lesen muss. Hast du verstanden?«

»Ja.« Seikei nickte.

»Trödle nicht herum und komm schnell wieder zurück!« Sie scheuchte ihn davon.

Auf der Straße wimmelte es mittlerweile von Menschen. Festgänger spazierten hin und her, lachten und diskutierten darüber, welches Teehaus die beste Unterhaltung bot. Auch so manche Geisha trippelte mit ihren Geta in kleinen Schritten über die Straße.

Es fiel Seikei nicht schwer, die Adresse zu finden, die Oba Koko ihm genannt hatte. Es gab in Yoshiwara nur fünf Straßenzüge, und das Haus, das er aufsuchen sollte, war kein Geschäft. Wahrscheinlich war dies einer der Orte, in denen sich Geishas aufhielten, wenn sie nicht arbeiten mussten. Seikei hatte mal gehört, dass viele von ihnen ihr ganzes Leben in Yoshiwara verbrachten, ohne jemals andere Teile von Edo aufzusuchen.

Ein Mädchen machte ihm die Tür auf, nahm die Nachricht an sich und sagte, sie würde sie an Maiko weitergeben.

Auf dem Rückweg warf Seikei einige Male einen Blick zurück, ob auch niemand hinter ihm herkam. Als er Richter Ooka seinerzeit geholfen hatte, einen Rubinräuber zu entlarven, war Bunzo ihm im Auftrag seines Herrn gefolgt. Daher hielt Seikei es für wahrscheinlich, dass Bunzo auch diesmal in der Nähe war, konnte ihn in der Menge aber nirgends entdecken.

Als er sich wieder einmal prüfend umsah, stieß er plötzlich mit jemandem zusammen. Mit einem wütenden Brummen schubste der Mann ihn beiseite. Seikei entschuldigte sich bei dem Fremden, der sich durch Kleidung und Haarschnitt zwar als Samurai auswies, jedoch ungewöhnlicherweise Bart und Schnurrbart behalten hatte. Er wirkte schmächtig, kaum schwerer als Seikei, doch seine Augen funkelten zornig. Der Zögling des Richters war froh, dass alle Besucher Yoshiwaras ihre Schwerter am Eingang zurücklassen mussten.

Bevor er sich wieder auf den Weg machen konnte, packte der Mann ihn am Arm. »Deine Jacke«, sagte er. »Wo hast du die her?«

Seikei sah zu Boden. Er hatte gar nicht mehr daran gedacht, dass er ganz anders gekleidet war als sonst. »Hm … von meiner Tante im Teehaus«, sagte er.

»Dem Teehaus *Fallende Kirschblüten*?«

»Ja. Woher wisst Ihr das?«

»Ich habe das Muster erkannt. Stimmt es, dass Umae dieses Haus als neuen Standort für ihre Abendunterhaltungen gewählt hat?«

»Ja, das stimmt. Es ist eine große Ehre für uns.«

Der Mann lächelte, aber seine Augen bohrten sich unvermindert in Seikeis, als suche er etwas darin. »Vielleicht sehen wir uns ja später noch«, sagte er.

Damit ließ er den Arm des Jungen los und stapfte davon.

Seikei kehrte zum Teehaus zurück, in Gedanken immer noch bei der seltsamen Begegnung. Vielleicht hätte er die Frage des Samurai lieber nicht beantworten sollen. Aber warum nicht? Oba Koko hatte sicher nichts dagegen, wenn er einen weiteren Kunden anlockte. Bestimmt gab es viele Männer, die Umae von einem Teehaus zum anderen folgten. Genda und Jugoro hatten es schließlich auch getan.

Dennoch war dem jungen Samuraischüler unbehaglich, wenn er an den Bärtigen dachte. Irgendwas in dessen Blick war so ... Seikei konnte es nicht benennen, aber er war wahrlich nicht darauf erpicht, so bald wieder in diese Augen blicken zu müssen.

Ein ungebetener Gast

Zur Stunde des Schweins, wenn der eine Tag in den nächsten übergeht, war das Teehaus voller Menschen. Auf Seikeis Botengang hin waren zwei weitere Geishas ins Haus gekommen, Maiko und Odori. Oba Koko brauchte ihre Unterstützung, um die vielen neuen Kunden zu unterhalten, die wegen Umae eingetroffen waren. Alle drei Räume des Teehauses waren nun in Betrieb.

Seikei hatte alle Hände voll zu tun. Er musste Tsune beim Servieren von Essen und Sake helfen, und von Zeit zu Zeit wies Oba Koko ihn an, Gäste in die Räume zu lotsen, wo Maiko und Odori sich aufhielten. Dies war keine leichte Aufgabe, denn alle, die durch die Tür kamen, wollten Umae sehen. Seikei musste ihnen versprechen, dass sie zu ihr vorgelassen werden würden, sobald in Umaes Zimmer ein Platz frei wurde.

Er behielt die Geishas im Auge, sooft seine Zeit es zuließ. Maiko und Odori waren zwar nicht so schön wie Umae, aber ebenfalls perfekte Unterhalterinnen.

Maiko war eine Meisterin auf der dreisaitigen Shamisen und entführte die Gäste mit ihren Liedern von tragischen Liebesgeschichten und den Taten tapferer, aber zum Scheitern verurteilter Helden in längst vergangene Zeiten. Seikei fiel auf, dass die Männer in Maikos Zimmer mehr Sake tranken als die in den anderen Zimmern.

Odori hingegen war eher fröhlich und zu Späßen aufgelegt. Sie brachte die Gäste mit Witzen in Stimmung und führte dann Spiele auf, bei denen die Verlierer Strafe zahlen mussten. Nicht in Form von Geld – das wäre geschmacklos gewesen und hätte die Kunden an die reale Welt außerhalb der Schwimmenden Welt von Yoshiwara erinnert. Nein, Odori ließ die Verlierer etwas Lustiges tun, zum Beispiel Frösche nachahmen oder eine Schale Sake von der Nase zum Mund kippen.

Seikei war überrascht, mit welchem Humor die Gäste all die auferlegten Strafen hinnahmen. Stolze Samurai und mächtige Daimyos hatten kein Problem damit, übereinander Bock zu springen, auf dem Boden kauernd wie Frösche zu quaken oder über ihre eigene Ungeschicklichkeit zu lachen, wenn ihnen der verschüttete Sake übers ganze Gesicht lief.

In Umaes Zimmer ging es ruhiger zu. Die meisten Gäste hatte sie selbst ausgesucht. Außer Jugoro, dem Samurai, und Genda, dem Ometsuken, waren noch etliche ältere Daimyos da, die Umae offenbar seit Jahren kannten. Zwei oder drei weiteren Männern – allesamt wohlhabende Händler – war es dank eines großzügigen ›Dankeschöns‹ gelungen, von Oba Koko die Erlaubnis zu erhalten, in der hinteren Ecke des Raumes Platz zu nehmen.

Umae beherrschte alle Künste der Geishas. Sie hatte eine bezaubernde Singstimme und konnte sich auf der Shamisen begleiten. Sie konnte Geschichten erzählen, die jeden Zuhörer im einen Augenblick zum Weinen und schon im nächsten zum Lachen brachten. Und sie war von solch atemberaubender Schönheit und Anmut, dass es für die Gäste schon ein Genuss war, ihr nur beim Einschenken des Tees zuzusehen.

Dazu hatte Seikei allerdings wenig Gelegenheit. Den größten Teil der Nacht verbrachte er damit, Tee und vor allem Sake aufzutischen und Verschüttetes vom Boden aufzuwischen. Zwischendurch half er beim Wiederbeleben eines Gastes, der in Tiefschlaf gefallen war.

Irgendwann befahl Oba Koko ihm, einem der Daimyos aus Umaes Zimmer zum Abort im Hinterhof zu helfen. Der alte Mann lehnte im Flur vor dem Zimmer an der Wand. Zwei junge Samurai kamen auf dem Weg zum vorderen Zimmer an ihnen vorbei und lachten, als Seikei den Daimyo auffing, damit er nicht auf dem Boden zusammenbrach.

Zu seiner Überraschung wog der Alte gar nicht so viel, sondern fühlte sich eher wie ein Bündel trockener Äste an. Zum Glück konnte der Mann noch einigermaßen laufen. Und während Seikei ihn über den Flur halb führte und halb schleppte, summte er irgendeine hochstimmige Melodie vor sich hin. Wer auch immer der Dämon war – Seikei war sicher, dass es nicht dieser Mann war, den Richter Ooka suchte.

Nach dem überfüllten Teehaus empfand er die kühle, frische Luft im Hof als äußerst wohltuend. Selbst der Daimyo schien ein bisschen klarer zu werden, sodass er zu Seikeis Erleichterung allein auf den Abort taumeln konnte. Während Seikei draußen wartete, lauschte er dem Gesang und Gelächter aus den benachbarten Teehäusern. Selbst jetzt, wo der Dämon frei wütete, ließen sich die Bewohner der Schwimmenden Welt die übliche gute Stimmung nicht kaputt machen. Denn dafür kamen die Kunden schließlich hierher – um ihre Sorgen zu vergessen, nicht um sich ihnen zu stellen.

Der Alte kam wieder heraus und band sich den Obi um den Kimono. Er griff nach Seikeis Arm, denn die Steine auf dem Boden machten das Gehen im Dunkeln zu einem riskanten Unterfangen.

Der Mann tätschelte ihm die Schulter. »Die Jugend«, sagte er. »So blind, so blind.«

Seikei empfand dies als unhöfliche Bemerkung, schließlich war er derjenige, der den Daimyo durch die Dunkelheit führte, nicht umgekehrt.

»Kennst du Umae?«, fragte der Alte. »Bist du in sie verliebt?«

»Nein«, erwiderte Seikei höflich. »Ich sehe sie heute zum ersten Mal.«

»Ah, dann sei vorsichtig, sei vorsichtig …«, sagte der Daimyo. »Sie ist verlockend … aber wenn du zulässt, dass sie dir das Herz stiehlt, bist du verloren.«

»Das werde ich nicht zulassen.«

Der Mann fuhr fort zu reden, als hätte er nichts gehört. »Eine Geisha wie sie … Sie fordert Geschenke, weißt du. Ich kenne Männer, die bis zur Selbstaufgabe gegangen sind, um eine Geisha zufriedenzustellen.«

Die Gefahr besteht bei mir nicht, dachte Seikei. Ich habe nichts, was ich verschenken könnte. Doch dann erinnerte er sich an das, was ihm am Nachmittag widerfahren war. Er hatte eine Persimone gestohlen, nur weil Nui ihn darum gebeten hatte. War das die Art von Macht, die Geishas über Männer hatten?

Wieder im Haus angekommen, gingen sie den Flur entlang. »Ja«, sagte der Daimyo, mehr zu sich selbst als zu Seikei. »Hinter Schönheit kann sich ein grausames Herz verstecken. Es gibt Männer, die ein Vermögen verloren haben … oder gar ihre Ehre … und dennoch hoffen sie weiter.«

Es kam Seikei nicht richtig vor, den Mann vor Umaes Zimmer einfach abzuliefern. Also half er ihm in den Raum zurück und führte ihn zu seinem Platz.

Dann duckte sich Seikei in den Schatten an die Wand. Er war neugierig, und wenn niemand ihn bemerkte, wollte er sich vom Zauber Umaes selbst ein Bild machen.

Die Geisha saß natürlich am Kopf des Tisches. Hinter ihr hing ein Bild an der Wand, auf dem ein Gedicht des berühmten Dichters Basho und einige herabgefallene Kirschblüten aufgemalt waren.

Seikei wusste, welche Bedeutung Kirschblüten hatten. Jedes Kind in Japan kannte ihre Geschichte. Im Frühling standen sie in üppiger Pracht an den Bäumen, doch ihre Zeit war kurz. Schon bald wurden sie von Windstößen oder plötzlich aufkommenden Stürmen herabgeweht und in all ihrer Schönheit über dem Boden ausgebreitet.

Die Kirschblüte war eine Metapher für das Leben selbst – im Vergleich zur Ewigkeit dauerte ein Menschenleben nur einen Wimpernschlag. Männer wie Frauen erblühten, stellten ihre Schönheit zur Schau und verwelkten dann. War das Leben schön? Oder traurig? Die Kirschblüten erinnerten daran, dass es beides war.

Doch Umaes Schönheit schien dem Unausweichlichen zu trotzen. Jeder wusste, dass sie älter war als die meisten anderen Geishas. Und doch schien ihr Zauber zeitlos zu sein. Seikei hätte nicht sagen können, wie alt sie war, denn so wie sie da mit den Männern am Tisch saß und plauderte, wirkte sie jung und frisch. Die Art, wie sie sich beim Lachen eine Hand vor den Mund hielt, ließ sie unschuldig erscheinen wie ein junges Mädchen.

Er wandte den Blick von ihr ab, um sich den anderen Leuten im Raum zuzuwenden. Nui saß seitlich von Umae und beobachtete sie aufmerksam wie eine Katze. Seikei sah, wie sie ihre Hände fast synchron zu

Umaes bewegte, im Versuch, die Anmut der Geisha nachzuahmen.

Doch er war der Einzige, dem dies auffiel. Jugoro, der Samurai, und der Ometsuke Genda saßen rechts und links neben Umae und buhlten im Wettstreit um ihre Gunst. Jugoro schenkte ihr Sake ein, während Genda so tat, als würde er etwas in seinem Ärmel verstecken. Immer wieder spähte er hinein, und als Umae nachsehen wollte, was drin war, zog er den Arm spielerisch zurück.

Plötzlich glitt die Tür lautlos auf und ein weiterer Mann trat ein. Sofort erkannte Seikei den bärtigen Samurai, mit dem er auf der Straße zusammengestoßen war. Niemand schenkte ihm Beachtung, bis Umae den Kopf hob.

»Wollt Ihr uns Gesellschaft leisten?«, fragte sie leichthin, schien aber ein bisschen verärgert über den ungebetenen Gast zu sein.

Der Bärtige gab keine Antwort, sondern setzte sich neben einen der älteren Samurai ans Ende des Tisches und bedeutete Nui mit einer Handbewegung, dass er Sake wünsche.

»Was für ein unhöflicher Fremder«, sagte Jugoro. »Nicht einmal seinen Namen will er nennen.«

Genda starrte den Neuankömmling an. »Schickt ihn weg, Umae«, drängte er. Als Tayu hatte Umae das Recht, Kunden abzulehnen. Seikei fragte sich, was der bärtige Samurai wohl tun würde, wenn sie das machte.

Doch bevor sie etwas sagen konnte, meldete sich der Fremde zu Wort. »Ich bringe nur ein Geschenk für die Geisha, die sich Umae nennt.«

Umae wandte sich an Nui. »Schenk ihm Sake ein. Warum zögerst du?«

Hastig beeilte sich Nui, ihrem Befehl nachzukommen. Der Neuankömmling hob die volle Schale. »Kanpai!«, rief er und trank den Sake in einem Zug.

Umae nippte an ihrer Schale. »Kenne ich Euch?«, fragte sie.

»Wir sind uns noch nie begegnet«, erwiderte der Mann. »Doch Euer Ruf reicht weit.«

Die Geisha lächelte freundlich.

»Ich weiß natürlich nicht, ob Ihr wirklich Umae seid«, fuhr der Samurai fort.

Jugoro und Genda lachten lauthals und die alten Samurai fielen mit ein. »Jeder weiß, dass sie wirklich Umae ist«, sagte Jugoro. »*Euren* Namen kennen wir hingegen noch nicht.«

»Ich habe gehört«, erwiderte der seltsame Fremde, »dass man in der Schwimmenden Welt jeder sein kann, der man sein möchte.«

»Wenn man schauspielern will, ja«, sagte Genda. »Man kann sich jederzeit verkleiden und Geishas finden, die das Ganze mitspielen. Es kommen auch immer wieder Kabuki-Schauspieler hierher. Aber zumindest haben sie einen Namen.«

»Ihr könnt mich Fukushu nennen«, sagte der Fremde.

Ein unbehagliches Schweigen folgte seinen Worten. Fukushu bedeutete ›Rache‹.

»Der Name gefällt mir nicht«, sagte Umae mit mädchenhafter Stimme. »Er klingt unangenehm. Er gehört nicht nach Yoshiwara.«

»Schickt ihn fort«, drängte Genda noch einmal und wedelte mit der Hand durch die Luft, als wolle er den Mann aus dem Zimmer fegen. »Er verdirbt uns den Spaß.« Dann fiel sein Blick plötzlich auf Seikei, der an der Wand kauerte. »Du!«, rief er. »Arbeitest du nicht für das Teehaus? Zeig diesem Mann, wo die Straße ist!«

Seikei erstarrte. Fukushu war zwar nicht besonders groß, wirkte aber drahtig. Und anders als die übrigen Gäste hatte er bislang offenbar noch nicht viel getrunken. Wenn er sich weigerte, den Raum zu verlassen, würde Seikei es nicht leicht haben, ihn nach draußen zu befördern.

Doch der Samurai antwortete in mildem Tonfall: »Ich habe Umae ihr Geschenk noch nicht überreicht.«

»Ach ja«, sagte Jugoro verächtlich. »Lasst uns sehen, was der edle Fukushu mitgebracht hat.«

»Ich brauche deine Hilfe«, wandte sich der bärtige Samurai an Seikei.

Während der Junge hastig aufstand, erbebte der Raum vor Gelächter. Mehrere Gäste mutmaßten im Spaß, welcher Art das Geschenk sein mochte.

»Muss ja was richtig Schweres sein!«

»Vielleicht ein Bootsanker?«

»Nein, er sieht mehr nach Mönch aus als nach Seemann ... Wahrscheinlich wird es eher eine Buddhastatue sein.«

»Oder ein Pferd! Gehört Reiten auch zu Euren Fertigkeiten, Umae?«

Der ungebetene Gast ignorierte die Bemerkungen und bedeutete Seikei, ihm zu folgen. Gemeinsam gingen sie in den Eingangsbereich. Dort stand, direkt unter dem Hausaltar, eine Schachtel. Sie war in feines, mit einer Waldszene bemaltes Reispapier eingeschlagen und mit einer blauen Seidenkordel zugebunden. Es war so wunderschön verpackt, dass es fast schade schien, das Päckchen aufzumachen.

»Das ist doch gar nicht so groß«, sagte Seikei. In der Tat war das Geschenk nicht größer als zwei zusammengerollte Tatami-Matten.

Fukushu nickte. »Ja, du kannst es problemlos allein tragen. Gib es Umae mit meinen allerbesten Grüßen. Und sag ihr, ich hoffe, sie bald wiederzusehen.«

Damit verschwand er in der Nacht. Seikei wäre ihm am liebsten gefolgt. Doch wozu? Er hatte nichts Unrechtes getan, und Seikei würde keine Chance haben, ihn unerkannt zu verfolgen.

Außerdem war er neugierig darauf zu erfahren, was in der geheimnisvollen Schachtel war. Als er sie hochnahm, war sie viel leichter, als er erwartet hatte. Sie war aus Karton gemacht, und der Inhalt schmiegte sich so perfekt an die Wände, dass nichts darin hin und her raschelte.

Seikei brachte das Geschenk in Umaes Zimmer und legte es vor die Geisha auf den Boden.

»Wo ist denn der großzügige Schenker abgeblieben?«, fragte Jugoro.

»Er ist fort«, sagte Seikei und wandte sich dann an Umae. »Er hat mir aufgetragen, Euch dies mit seinen besten Wünschen zu überreichen. Und Euch auszurichten, dass er Euch bald wiederzusehen hofft.«

»Traut sich wohl nicht, dabei zu sein, wenn Umae das Geschenk aufmacht, was?«, schnaubte Genda. »Na, was das dann für ein Geschenk sein mag …«

Die Geisha ließ sich Zeit beim Öffnen. Erst bewunderte sie wortreich die schöne und geschmackvolle Verpackung. Dies tat der Empfänger eines Geschenks aus Höflichkeit zwar immer, doch da der Schenkende diesmal gar nicht anwesend war, schloss Seikei, dass ihre Bewunderung wohl ehrlich sein musste.

Schließlich zog sie die blaue Seidenkordel auf, sodass der kunstvolle Knoten aufging und das Papier auseinanderfiel. Die Schachtel selbst war schlicht weiß. Umae stellte sie auf ihren Schoß und hob langsam den Deckel.

Ein leiser Schrei entrang sich ihren Lippen, als sie sah, was in der Schachtel war. Die Umstehenden konnten nur erkennen, dass sich etwas Seidenes darin befand. Umae legte die Hände darauf, als wolle sie sich vergewissern, dass es echt war. Sie umklammerte den Stoff für einen Moment, dann schob sie die Schachtel von sich, als enthalte sie etwas Widerliches.

Seikei hielt die Luft an. In dem Geschenkkarton lag ein wunderschöner seidener Kimono. Er war von der Farbe der Ahornblätter im Herbst. Darauf aufgestickt waren goldene Kraniche im Flug, als zögen sie für den Winter in den Süden. Seikei erkannte das Kleidungsstück sofort wieder, denn er hatte schon zweimal gehört, wie es beschrieben worden war.

Ein Unglück kommt selten allein

Umae war so verstört, dass sie verkündete, sie werde jetzt nach Hause gehen. Natürlich wollten alle wissen, weswegen das Geschenk sie so durcheinandergebracht hatte.

»Was ist denn mit diesem Fukushu?« Wütend wandte sich Genda an Seikei.

»Er ist gegangen«, erklärte der noch einmal.

Genda starrte ihn einen Augenblick an, und Seikei dachte schon, der Ometsuke könnte ihn erkannt haben. Dann schubste Genda ihn beiseite und stürmte nach draußen – offenbar hatte er beschlossen, die Verfolgung des Mannes aufzunehmen, der sich selbst ›Rache‹ nannte.

Nun bombardierte Jugoro ihn mit Fragen. »Warum ist Umae so verstört? Was war in der Schachtel?«

»Es waren nur ein Kimono«, erwiderte Seikei, behielt aber für sich, unter welchen Umständen er von dem Kleidungsstück schon gehört hatte.

Alle Gäste flehten Umae an, noch zu bleiben, doch natürlich war der Abend nicht mehr zu retten.

Kurz darauf tauchte Genda wieder auf. Außer Atem keuchte er: »Er ist weg. Spurlos verschwunden.« Er drehte sich zu Seikei um. »Kennst du seinen richtigen Namen?«

Seikei verneinte, doch Genda schien ihm nicht zu glauben. »Wieso hat er dann dir dieses Geschenk anvertraut?«

»Ich nehme an, weil er schon weg sein wollte, bevor Umae es aufmacht.«

Oba Koko kam ins Zimmer gestürzt. »Was ist denn passiert?«, rief sie. »Umae hat nach ihren Kago-Trägern verlangt. Hat jemand sie beleidigt?« Ihr Blick blieb an Seikei haften. »Ich hatte dir aufgetragen, jeden hinauszuwerfen, der sich unhöflich verhält.«

Seikei wollte gerade zu einer Erklärung ausholen, als Nui dazwischenging. »Er hat Umae ein Geschenk gebracht, das sie verstört hat.«

»Wo ist mein Besen?«, schrie Oba Koko. »Raus hier, du dummer Junge, sonst werde ich …«

»Aufhören!« Umaes klarer Ruf erklang von der Türschwelle. Alle Anwesenden wirbelten herum. »Es war nicht seine Schuld. Es tut mir leid, dass ich die Feier so frühzeitig abbrechen muss. Bitte …« Sie verbeugte sich vor Jugoro und den anderen Gästen. »Kommt ein andermal wieder, wenn ich wieder mehr ich selbst bin. Heute Abend ist mir einfach nicht mehr nach Lachen zumute.«

Sie wandte sich an Seikei. »Nimm das Geschenk und verbrenne es. Es ist für mich mit einer sehr bösen

Erinnerung verbunden und ich möchte es nie wieder sehen.«

Seikei nickte und schloss hastig den Deckel der Schachtel. Doch zuvor gelang es Oba Koko noch, einen raschen Blick auf den Inhalt zu werfen.

Bald darauf kam Tsune mit der Nachricht herein, dass der Kago draußen warte. Umae verließ das Haus und Jugoro folgte ihrem Beispiel.

»Möchtet Ihr in die anderen Räume wechseln, in denen Maiko und Odori sich aufhalten?«, bot Oba Koko den verbliebenen Daimyos an. »Essen und Getränke gehen ab sofort für den Rest der Nacht aufs Haus.«

Nui zog die Augenbrauen hoch, denn solch eine Großzügigkeit war sehr ungewöhnlich. Sobald ihre Herrin mit den Kunden in Richtung Flur unterwegs war, stellte Seikei sich dem Mädchen wütend in den Weg.

»Du wusstest, dass ich mit dem Geschenk nichts zu tun hatte«, stieß er hervor. »Wieso hast du mir etwas unterstellt, was nicht den Tatsachen entspricht?«

Sie schnaubte. »Woher sollte ich wissen, dass du nichts damit zu tun hattest? Wir wissen doch überhaupt nichts über dich. Du hast Umae große Angst eingejagt – das ist alles, was ich sicher weiß. Wenn ich ihre Kleine Schwester werden will, muss ich dafür sorgen, dass sie sich in diesem Haus wohlfühlt.«

Seikei breitete die Hände aus. »Ich habe nur den Auftrag eines Samurai ausgeführt und ihr das Geschenk überbracht. Wie hätte ich denn ahnen können, dass es sie verstören würde?«

Nui funkelte ihn zornig an. »Ich glaube dir kein Wort. Bestimmt kennst du den Samurai.« Sie stampfte mit dem Fuß auf. »Entweder das oder du bist ein absoluter Idiot.« Damit wirbelte sie herum und rauschte aus dem Zimmer.

Seikei schüttelte ärgerlich den Kopf. Dann griff er nach dem Karton mit dem Kimono. Der Richter wird ihn bestimmt sehen wollen, dachte er. Denn das Kleid bewies, dass der bärtige Samurai das ertrunkene Mädchen gekannt hatte – vielleicht hatte er es sogar selbst getötet. Seikei erschauerte beim Gedanken an den stechenden Blick des Fremden. Und ein weiterer Gedanke schoss ihm durch den Kopf: Vielleicht war der Samurai, der sich Fukushu nannte, ja wirklich ein verkleideter Dämon?

Er nahm die Schachtel mit in die Küche, entschied dann aber, dass es am besten wäre, sie zunächst im kleinen Schuppen im Hof zu verstecken. Wenn jemand nachfragte, würde er sagen, dass er sie im Herdfeuer in der Küche verbrannt hatte. Doch bevor er nach draußen verschwinden konnte, fing Oba Koko ihn ab.

»Aiii! Nicht so hastig!«, sagte sie. »Der Kimono … sieht kostbar aus.« Sie öffnete die Schachtel und faltete den Kimono in seiner ganzen Schönheit auseinander. »Was für ein herrliches Stück! So etwas kann wirklich nur eine Tayu tragen. Es wäre eine Schande, es zu verbrennen. Vielleicht ändert Umae ja ihre Meinung doch noch und will den Kimono wieder zurückhaben.«

»Aber was, wenn sie … ihn sieht und erfährt, dass ich ihn nicht ihrem Wunsch entsprechend vernichtet habe?«, wandte Seikei ein.

Oba Kokos Hand wedelte durch die Luft, als wolle sie eine Stechmücke verscheuchen. »Diese Geishas … ich kenne sie besser als du. Sie wissen nie so genau, was sie wirklich wollen.« Sehr sorgfältig faltete die Teehausbesitzerin den Kimono wieder zusammen und legte ihn zurück. »Ich werde ihn an einem sicheren Ort aufbewahren.« Sie zwinkerte Seikei zu. »Vertrau mir. Umae wird nichts davon erfahren.«

Seikei versuchte, leise zu protestieren, aber dann wurde ihm klar, selbst wenn er sich durchsetzen könnte, würde er das wertvolle Kleid bestimmt unter den wachsamen Augen von Oba Koko verbrennen müssen.

Inzwischen hatte die Nachricht von Umaes plötzlichem Aufbruch im Teehaus die Runde gemacht. Als Oba Koko und Seikei wieder auf den Flur traten, waren die meisten Gäste schon dabei, sich zu verabschieden. Sofort stürzte sich die Hausherrin auf sie, um sie zum Bleiben zu überreden.

Tsune stellte sich neben Seikei. »Stimmt es, dass du Umae einen Unglücksbringer vom Dämon überbracht hast?«

»Nein, das stimmt ganz und gar nicht!«, widersprach Seikei.

»Die Gäste wollen sich nicht mehr in einem Haus aufhalten, in dem der Dämon war«, sagte Tsune mit leiser Stimme.

Und tatsächlich – sobald die ersten Gäste sich auf den Weg machten, waren auch die anderen nicht mehr zu halten. Am Schluss war niemand mehr da außer einem betrunkenen Händler, der in Maikos Zimmer seinen Rausch ausschlief.

Zu allem Überfluss hatten die zwei Geishas nun Angst, allein nach Hause zu gehen. Einen privaten Kago wie den von Umae konnten sie sich aber auch nicht leisten.

»Wenn der Dämon nach Yoshiwara zurückgekommen ist«, sagte Maiko, »sollten wir um diese späte Uhrzeit nicht mehr draußen unterwegs sein.«

Odori nickte. Das fröhliche Lächeln war längst aus ihrem Gesicht gewichen.

Oba Koko richtete ihren Zeigefinger auf Seikei. »Du hast uns das alles eingebrockt. Jetzt musst du Maiko und Odori nach Hause begleiten.«

Die zwei Geishas waren nicht gerade begeistert. »Aber er ist doch gerade derjenige, der …«, setzte Odori an.

»Er ist kein Dämon«, schnitt Oba Koko ihr das Wort ab. Und dann streckte sie wieder ohne Vorwarnung die Hand aus und zwickte ihren sogenannten Neffen in die Nase.

Seikei schrie auf vor Schmerz. Es hatte diesmal noch mehr wehgetan als beim ersten Mal.

Doch die Alte kümmerten seine Schmerzen nicht. »Seht Ihr? Das beweist, dass er kein Dämon ist.«

»Aber genau er hat Umae das Unglücksgeschenk gebracht.«

»Es war doch nur ein Kimono«, sagte Oba Koko und öffnete zum Beweis die Schachtel. »Das war alles nur ein furchtbares Missverständnis. Morgen Abend ist Umae wieder zurück und da möchte ich Euch auch gern wieder hier haben.«

Die Geishas sahen einander zweifelnd an, doch die Teehausbesitzerin scheuchte sie schon aus der Tür. »Es gibt keinen Grund zur Sorge«, sagte sie. »Mein Neffe ist sehr vertrauenswürdig.«

Sie beugte sich ganz nahe an Seikeis Ohr und flüsterte so leise, dass niemand außer ihm es hören konnte: »Wenn den beiden irgendwas passiert, kannst du dich gleich Hilfe suchend an den Dämon wenden – denn dann hast du von mir noch mehr zu befürchten als von ihm.« Und das glaubte Seikei ihr aufs Wort.

Auf den Straßen war es nun ruhiger und dunkler als noch wenige Stunden zuvor. In einigen Teehäusern wurde zwar noch gefeiert, doch die meisten hatten bereits geschlossen und ihre Lampions gelöscht.

Zwei Samurai taumelten Arm in Arm und lauthals singend auf dem Rückweg zur Fähre an ihnen vorbei. Sie grüßten die Geishas überschwänglich, von Seikei nahmen sie keine Notiz.

Odori und Maiko gingen Hand in Hand und hielten sich so weit von ihrem jungen Begleiter entfernt wie nur möglich. Das würde ihnen aber auch nicht viel nützen, wenn ich wirklich der Dämon wäre, dachte Seikei missmutig.

Plötzlich ertönte am anderen Ende der Straße ein dumpfes Geräusch. Alle drei fuhren zusammen und erstarrten, bis ihnen klar wurde, dass es lediglich ein nahender Reiter war. Die Hufschuhe aus Stroh hörten sich bei Nacht viel lauter an als am Tag. Auf dem Pferd saß ein Doshin, ein Wachmann des Magistrats. Er warf ihnen im Vorbeireiten nur einen flüchtigen Blick zu. Sicher hielt er nach irgendwelchen Missetätern Ausschau und da waren die zwei Geishas in Begleitung eines jungen Teehausdieners eher unverdächtige Passanten.

Als der Doshin vorbei war, fragte Maiko Odori: »Willst du morgen Abend wieder in das Teehaus von Oba Koko?«

»Nein, ich glaube, das wäre keine gute Idee«, lautete die Antwort. »Ist dir auch aufgefallen ...?«

»Ja. Mit Umae zu arbeiten bringt eindeutig Unglück.«

Ihre Unterhaltung ließ Seikei aufhorchen. Er wartete ab, ob sie noch mehr sagen würden, aber sie schwiegen.

»Wie meint Ihr das?«, hakte er schließlich nach.

Die Geishas streiften ihn mit einem Seitenblick und wichen noch einen Schritt von ihm ab.

»Ach, das hatte nichts zu bedeuten«, wiegelte Maiko seine Frage mit maskengleicher Miene ab.

Seikei hätte ihnen gern gesagt, dass er Richter Ooka bei seinen Ermittlungen half und dass sie ihm daher unbesorgt alles anvertrauen konnten, was sie wussten. Aber das war unmöglich. Und wahrscheinlich würden sie ihm ohnehin nicht glauben. Er musste anders vorgehen.

»Entschuldigt, wenn ich so unbeholfen nachfrage. Ich habe erst heute im Teehaus angefangen. Es ist meine einzige Möglichkeit, Geld zu verdienen. Aber wenn es gefährlich ist, dort zu arbeiten, muss ich weg.«

»Nein, es liegt nicht am Teehaus«, sagte Odori, die von den beiden die Nettere zu sein schien. »Es liegt an Umae.«

»Aber was ist denn mit ihr? Zu mir war sie sehr freundlich.«

»Wo sie hingeht, folgt ihr das Unglück«, sagte Odori.

»Und der Tod«, fügte Maiko zwischen zusammengebissenen Zähnen hinzu.

Das Wort hing immer noch Unheil verkündend in der Luft, als sie in die Straße einbogen, in der die Geishas wohnten. Hier war es noch dunkler und die beiden Frauen rückten nun doch wieder näher an Seikei heran.

»Umae hat früher mit zwei anderen Tayu zusammengearbeitet«, erzählte Odori. »Sie hießen Kimi und Satsu. Alle Teehäuser rissen sich darum, sie zu beherbergen, denn sie hatten viele reiche und mächtige

Stammkunden, die ihnen überallhin folgten. Und die Geschenke, die sie immer bekamen! Ein kunstvoller Kimono kann mehr kosten, als ein durchschnittlicher Händler in einem Jahr verdient, musst du wissen. Die Männer, die zu diesen Feiern kamen, mussten also sehr wohlhabend sein.«

»Aber so viel Erfolg macht andere neidisch«, sagte Maiko finster.

»Ja, so heißt es«, stimmte ihre Freundin ihr zu. »Obwohl ich mich selbst schon für die drei gefreut habe. Immer wenn eine Geisha großen Erfolg hat, profitiert ganz Yoshiwara davon. Aber dann muss jemand, soweit ich erfahren habe, sie mit einem Fluch belegt haben …«

»… oder jemanden damit beauftragt haben«, warf Maiko ein.

»… sodass ein Dämon hierher kam.«

Wieder senkte sich die Stille über sie herab. Seikei zuckte zusammen, als etwas unter einem Haus hervorhuschte und quer über die Straße flitzte. Es war nur eine Ratte, aber er hob einen Stein auf und warf ihn dem Tier nach, einfach um seine Angst zu überspielen.

»Habt Ihr den Dämon schon mal zu Gesicht bekommen?«, fragte er.

»Oh nein«, antwortete Odori und schüttelte sich vor Graus. »Sonst wäre ich schon längst nicht mehr hier. Sondern wäre weggelaufen und eine buddhistische Nonne geworden.«

»Aber wieso seid Ihr Euch dann so sicher, dass es ihn gibt?«

»Erstens, weil Kimi gestorben ist. Sie wurde tot in ihrem Bett gefunden. Alle sagen, sie ist vergiftet worden – ihre Zunge war nämlich angeschwollen.«

»Die Leute dachten erst, sie hätte vielleicht Fugu gegessen, der nicht richtig zubereitet worden war«, sagte Maiko. Fugu war ein Fisch, der als große Delikatesse galt. Doch die Leber des Fisches musste vor dem Verzehr sorgfältig entfernt werden, denn sie war hochgiftig. »Aber Kimi hatte einen empfindlichen Magen und passte immer sehr gut auf, was sie zu sich nahm. Und von den Leuten, die am Abend zuvor mit ihr zusammen gegessen hatten, ist niemand krank geworden.«

»Dann beschloss Satsu, nach Edo zu gehen, um ihre Mutter zu besuchen«, erzählte Odori weiter. »Und sie kam bei einem Feuer um.«

»Bei einem Feuer?«, entfuhr es Seikei.

»Ja. In Edo hat es in letzter Zeit oft gebrannt. Schrecklich ... Ich hoffe nur, dass wir hier davon verschont bleiben.«

»Aber Ihr denkt, der Dämon hat das Feuer gelegt?« Seikei runzelte die Stirn. »Nur um Satsu zu töten?«

»Viele Menschen sind dem Feuer entronnen«, gab Odori zu bedenken. »Satsu nicht. Hier versteht man nur zu gut, was das bedeutet.«

»Und dann gab es da auch noch die Teehaus-Angestellte«, seufzte Maiko.

»Auch so ein Unglück.« Odori schüttelte den Kopf. »Nach dem Tod von Kimi und Satsu musste Umae ein neues Teehaus suchen und sie wählte das, in dem dieses Mädchen arbeitete. Sie war freundlich zu Umae und was hat es ihr gebracht? Ich nehme an, sie wollte Umaes Kleine Schwester werden. Das wollen sie alle.«

Seikei dachte an Nui.

»Also warf der Dämon sie in den Fluss«, sagte Maiko. »Oba Koko mag dumm genug sein, Umae in ihr Teehaus zu lassen, aber nach diesem Abend ... Ich würde an ihrer Stelle kein Risiko mehr eingehen.«

»Aber warum tötet der Dämon nicht Umae, wenn es das ist, was er will?«, fragte Seikei.

»Vielleicht hat sie einen Zauber dagegen. Schließlich kann man nicht so lange so jung aussehen, wenn man nicht irgendwelche Tricks beherrscht.«

»Aber diejenigen, die um sie herum sind, beschützt der Zauber nicht«, sagte Maiko.

Odori nickte. »Daher ... richte Oba Koko bitte unsere besten Grüße aus und sag ihr, dass wir morgen Abend unmöglich wiederkommen können.«

Sie waren mittlerweile an ihrem Ziel angekommen. Höflich verbeugten sich die zwei Frauen.

»Pass auf dich auf«, sagte Odori. »Auch dich könnte der Dämon umbringen. Selbst wenn du nur sein Bote warst – du hast ihn gesehen und das kann schon sehr gefährlich sein.«

Seikei verabschiedete sich und wünschte, die Geisha hätte ihm diese Worte nicht mit auf den Weg gegeben. Überall im Schatten schienen jetzt dunkle Gestalten zu lauern. Zwei brennende Kerzen sahen für ihn plötzlich wie ein feurig funkelndes Augenpaar aus, und als der Mond hinter einer Wolke verschwand, hätte er sich am liebsten auch irgendwo versteckt. Selbst das laute Gelächter, das auf einmal die Stille durchbrach, klang in seinen Ohren wie der Ruf eines Dämons, dabei handelte es sich nur um einen fröhlichen Zechbruder.

Seikei wusste, dass manche Teehäuser bis zum Tagesanbruch offen hatten. Die letzten Nachzügler machten sich erst dann auf den Weg zur Brücke, zurück in ihr normales Leben.

Auf der Hauptstraße begegneten Seikei drei Samurai, die lachend und einander stützend vorantaumelten. Sie blieben vor einem Teehaus stehen und klopften, aber niemand öffnete ihnen. Wahrscheinlich waren sie in den vergangenen Stunden schon öfters aufgefordert worden zu gehen.

Rasch ging Seikei an ihnen vorbei, obwohl ihre Anwesenheit ihm ein wenig Sicherheit vermittelte. Aus irgendeinem Grund hatte er das Gefühl, dass der Dämon nur jemanden angreifen würde, der ganz allein war. Er dachte an das tote Mädchen, das von Umae den Kimono mit den goldenen Kranichen bekommen hatte. Hatte der Dämon es deswegen umgebracht? Weil er dachte, das Mädchen wäre Umae? Aber warum hatte der bärtige Samurai dann Umae den Kimono wieder zurückgebracht? Und wer war die Geisha, die ihn im Laden der Seidenmacherin getragen hatte, kurz bevor das Feuer ausgebrochen war?

Doch plötzlich fegte etwas all diese Gedanken hinweg. Er sah die Straße hinunter zum Teehaus *Fallende Kirschblüten*. Die Laternen, die er am Abend angezündet hatte, waren mittlerweile gelöscht worden. Und im bleichen Mondlicht huschte irgendjemand verstohlen über die vordere Veranda. Wer war das? Ein Dämon war es nicht. Oder wenn doch, dann einer der diebischen Sorte. Denn die Gestalt, die ihm den Rücken zuwandte, trug die gleiche Kleidung wie er selbst – um genau zu sein, die pflaumenblaue Jacke und die Hose, die Seikei nach dem Waschen am Nachmittag gestohlen worden waren!

Sofort rannte er los, um den Dieb zu stellen. Doch als er am Teehaus ankam, sah er, wie ein kleines Flämmchen unter der Veranda hervorstach. Und dann noch eins und noch eins.

Die Gestalt mit der pflaumenblauen Jacke schleuderte gerade einen brennenden Ast beiseite und sprang dann über die Brüstung. »Feuer!«, schrie Seikei. »Haltet ihn auf!« Er wollte erst hinter dem Unbekannten herrennen, doch dann fiel ihm ein, dass es seine dringlichste Pflicht war, das Teehaus und seine Bewohner zu retten.

Die Eingangstür war verriegelt, aber Seikei wartete nicht darauf, dass ihm geöffnet wurde, sondern brach durch das Türblatt aus Kiefernholz und Reispapier. »Feuer!«, brüllte er noch einmal. Dann stürmte er über den Flur und prallte dabei gegen eine große Bodenvase. Benommen rappelte er sich wieder auf und holte aus der Küche einen Eimer Wasser.

Als er wieder an der Eingangstür ankam, waren andere schon dabei, das Feuer zu löschen. Darunter auch die drei Samurai, die er zuvor auf der Straße gesehen hatte – offenbar hatte der Anblick von Edos gefährlichstem Feind, dem Feuer, sie mit einem Schlag wieder nüchtern gemacht. Sie traten die Flammen aus, und Seikei kippte das Wasser eilig dahin, wo ihm das Feuer am gefährlichsten schien.

Wenige Minuten später war auch der Doshin eingetroffen. Rasch sprang er vom Pferd und zerrte mit einem Jitte, einem Stahlhaken, brennende Holzteile von der Veranda weg, damit das Feuer sich nicht ausbreiten konnte.

»Lasst ihn bloß nicht entkommen«, sagte einer der Samurai. Und zu seiner Verwunderung sah Seikei, dass der Mann auf ihn zeigte. Kopfschüttelnd hielt er den Eimer hoch, um anzudeuten: Schaut, ich versuche doch das Feuer zu löschen. Doch als er sich umdrehte, um noch mehr Wasser zu holen, packte der Samurai ihn bei der Schulter. »Wir haben ihn gesehen«, sagte er zum Doshin. »Er hat das Feuer gelegt.«

Gefangen

Seikei fühlte sich gedemütigt, doch das zählte nicht. Ein Samurai musste im Dienste seines Herrn jede Mühsal ertragen können. Richter Ooka hatte ihn ins Teehaus geschickt, damit er beim Lösen des Rätsels um den Brandstifter von Edo half. Also war Seikei verpflichtet, dem Pfad zu folgen, wohin auch immer er führen mochte.

Und diesmal hatte er ihn in den Hinterhof von Odozo, dem örtlichen Magistrat, geführt. Seikei war an einen Pfahl gefesselt und für den Rest der Nacht sich selbst überlassen worden.

Seinen Erklärungen hatte niemand Gehör schenken wollen. Die betrunkenen Samurai hätten eigentlich sehen müssen, dass er versucht hatte, das Feuer zu löschen, doch stattdessen hielten sie ihn für den Brandstifter. Und der Doshin hatte ihnen geglaubt. Schließlich stand ihre dreifache Aussage gegen Seikeis einsamen Protest.

Odozo schätzte es nicht, wenn sein nächtlicher Schlaf gestört wurde. »Du bleibst hier, bis der Ehrenwerte Magistrat bereit ist, sich deiner anzunehmen«, hatte der Doshin Seikei erklärt. »Und wenn du willst, dass er nachsichtig ist, hältst du besser bis nach dem Frühstück still.«

»Und wann wird das sein?«, hatte Seikei gefragt. Er wollte so schnell wie möglich wieder frei sein, um nach dem Brandstifter zu fahnden.

Aber statt einer Antwort hatte ihn der Doshin nur ausgelacht. Danach hatte Seikei vergeblich versucht, etwas Schlaf zu finden.

Die Stunden vergingen unwahrscheinlich langsam, bis endlich die Sonne aufging und die Vögel zwitschernd den Tag begrüßten. Im Haus des Magistrats allerdings rührte sich nichts. Auch auf der Straße jenseits der Mauer war kein Laut zu hören – das wäre in Edo oder Osaka zu dieser Zeit des Tages eindeutig anders gewesen.

Irgendwann glitt dann doch eine Tür auf und ein Gesicht spähte hervor. Es gehörte einem etwa neunjährigen Jungen, der Seikei einen neugierigen Blick zuwarf und dann mit zwei Nachttöpfen auf den Hof herauskam. Er leerte sie in den Abort und stellte sich mit ernster Miene vor den Gefangenen. »Es heißt, du seist ein Dämon«, sagte er.

»Bin ich nicht«, erwiderte Seikei.

Der Junge wirkte enttäuscht. »Ich hatte gehofft, du wärst einer. Ich habe noch nie einen Dämon gesehen. Was hast du denn dann angestellt?«

»Nichts«, sagte Seikei.

»Oh, das wird dir Richter Odozo aber nicht abnehmen«, verkündete der Junge wichtigtuerisch. »Besser, du gestehst. Sonst lässt er dich so lange foltern, bis du es tust.«

Seikei wusste, dass das viele Richter so handhabten. Doch er war sich sicher, dass Odozo ihn bei der Befragung wiedererkennen würde. Und dass er ihm dann glauben würde. Danach würde Seikei ihm berichten, was er bislang in Erfahrung gebracht hatte, damit Odozo es Richter Ooka mitteilen konnte.

Kurze Zeit später brachte der Junge ihm eine Schale mit braunem Reis und eine Tasse Wasser. »Wann kommt Richter Odozo normalerweise, um die Gefangenen zu befragen?«, wollte Seikei wissen.

»Wenn ihm danach ist«, antwortete der Junge. »Hier in Yoshiwara fangen die Tage spät an.«

Das war allerdings wahr, stellte Seikei fest. Auch viel später, als die Sonne längst hoch am Himmel stand, ließ sich niemand blicken.

Dann schließlich tauchten zwei Doshin auf. Sie hielten ihre Schlagwaffen, die Jitte, nach vorn gestreckt, als fürchteten sie einen Angriff, und banden Seikei los. Seine Beine allerdings blieben in Ketten, sodass er kaum laufen konnte. Dann packten die Wachmänner Seikei an den Armen und schleiften ihn ins Haus.

Richter Odozo saß auf einem Podest mitten im Raum und musterte gerade eine Papierrolle. Er sah auf, als Seikei hereingebracht wurde. Dass er den Jungen erkannte, ließ er sich aber keineswegs anmerken.

Die Wachen zwangen Seikei auf die Knie. »Du wirst beschuldigt, das Teehaus *Fallende Kirschblüten* in Brand gesteckt zu haben«, begann Odozo streng. »Gestehst du das Verbrechen?«

»Nein«, erwiderte Seikei. »Es war jemand anders. Jemand, der auch die Kleidung des Teehauses trug. Ich habe versucht, das Feuer zu löschen.«

»Und wer soll dieser Jemand gewesen sein?«

»Das weiß ich nicht. Auf jeden Fall hat mir jemand gestern Nachmittag die Kleider gestohlen, die ich gerade gewaschen hatte.«

Der Richter schwieg. Seikei hob den Blick. »Erkennt Ihr mich nicht?«, fragte er. »Richter Ooka hat mich ins Teehaus geschickt. Er hat gesagt, ich könnte Euch berichten, was ich dort in Erfahrung bringe.«

Zu spät bemerkte er, dass er einen Fehler gemacht hatte. Richter Odozos Gesicht verdunkelte sich wie der Himmel im Winter. Als er wieder sprach, klang seine Stimme eisig. »Richter Ooka hat gesagt, ich müsste bei der Verfolgung von Verbrechern energischer vorgehen. Er scheint anzunehmen, dass bestimmte Todesfälle hier in Yoshiwara Verbrechen waren, keine reinen Unglücksfälle. Wie er zu diesem Schluss kommt, entzieht sich meinem Verständnis. Er ist meiner Meinung nach keineswegs häufig genug hier, um sich darüber ein Urteil erlauben zu können.«

Seikei senkte demütig den Kopf. Und so langsam machte sich in ihm die Ahnung breit, dass Odozo ihn keineswegs freilassen würde.

»Es stimmt«, fuhr der Richter fort, »dass Richter Ooka mir aufgetragen hat, ihm deine Ermittlungsergebnisse mitzuteilen. Aber ich habe bisher keinerlei Berichte erhalten. Vielleicht hast du ja andere Wege aufgetan, sie ihm zukommen zu lassen. Oder was soll ich sonst annehmen?«

Seikei machte den Mund auf, um zu antworten, doch Odozo ließ ihn mit einem Blick verstummen. »Die einzige Information, die ich erhalten habe – und zwar noch bevor ich frühstücken konnte –, war die, dass du versucht hast, das Teehaus abzubrennen. Es gibt Zeugen dafür. Als der Doshin mir den Täter beschrieb, wusste ich sofort, dass es sich um dich handeln musste.«

Richter Odozo lächelte selbstzufrieden. »Wie du siehst ... Richter Ookas Ruf als schlauer Mann mag groß sein, aber es gibt Magistrate, die genauso schlau sind.« Er dachte kurz nach und fügte hinzu: »Oder sogar noch schlauer.«

Seikei senkte den Blick tiefer, doch nicht mehr aus Demut, sondern weil er fürchtete, man könnte ihm das finstere Stirnrunzeln ansehen.

»Also dachte ich mir ...«, fuhr der Richter fort. »Was, wenn Richter Ooka einen Verbrecher mitten in meinen Bezirk eingeschleust hat? Um mich zu prüfen, sozusagen? Vielleicht sogar, um mich völlig unfähig erscheinen zu lassen, so als würde ich Verbrecher nicht mal dann erkennen, wenn sie direkt vor meiner Nase tanzten?«

Seikei musste sich sehr beherrschen, um dem Mann nicht ins Gesicht zu schreien, wie dumm er war.

»Aber zum Glück habe ich ja herausgefunden, was du wirklich im Schilde geführt hast«, erklärte Odozo selbstherrlich. »Also, willst du jetzt gestehen?«

Seikei holte einmal tief Luft, um überhaupt sprechen zu können. »Ich habe das Teehaus nicht in Brand gesteckt«, sagte er klar und deutlich.

Richter Odozo schien beleidigt, dass seine Beweisführung nicht zu einem Geständnis führte. »Fesselt ihn wieder an den Pfahl«, sagte er zu den Doshin. »Soll er dort über seine Verfehlungen nachdenken, bis der Foltermeister eintrifft.«

Seikei war, als wäre er in einem schrecklichen Albtraum gefangen. Seit seiner frühesten Kindheit war ihm beigebracht worden, die Beamten des Shoguns zu respektieren. Er hätte niemals damit gerechnet, einem so ungerechten, verbohrten Mann wie Odozo zu begegnen.

Während die zwei Wächter ihn wieder in den Hof zurückschleiften, begann er sich ernsthaft Sorgen zu machen. Er hatte schon häufig schlimme Geschichten darüber gehört, wie Verdächtige gefoltert wurden. Aber noch nie war er persönlich Zeuge einer solchen Veranstaltung gewesen. Erst jetzt begann er zu begreifen, weshalb sein Ziehvater Folter ablehnte: Auch ein Unschuldiger würde ein Verbrechen gestehen, das er gar nicht begangen hatte, nur um den Schmerzen zu entgehen.

Seikei zwang sich, diese Gedanken zu vertreiben. Ein Geständnis abzulegen wäre feige, und er nahm sich vor, niemals auf diese Weise Schande über sich zu bringen. Aber in seinem Hinterkopf brannte der Zweifel weiter: Würde er wirklich standhaft bleiben, wenn er gefoltert wurde?

Lange Zeit kauerte er am Boden und überlegte fieberhaft, was er sagen könnte, um Odozo von seiner Unschuld zu überzeugen. Im Hof gab es keinen Schatten und Seikeis Durst wurde immer schlimmer.

Auf einmal sah er den Jungen wieder, der von der Türschwelle aus zu ihm herüberspähte. Er winkte ihn zu sich heran, doch der Junge kam nur zögerlich näher und hielt sich wohlweislich außer Seikeis Reichweite.

»Könntest du mir vielleicht einen Schluck Wasser bringen?«, bat Seikei.

Der Junge schüttelte den Kopf. »Darf ich nicht. Jedenfalls nicht vor der Folter.«

»Hast du schon mal miterlebt, wie jemand gefoltert wurde? Wie läuft das ab?«

Die Miene des Jungen verfinsterte sich bei der Erinnerung. »Der Foltermeister ist ein gewaltiger Mann. Der kräftigste, den ich je gesehen habe, von Sumo-Ringern vielleicht abgesehen. Er hat immer eine Eisenstange dabei, die ist länger, als ich groß bin, und fast so dick wie mein Arm.« Er streckte zur Veranschaulichung den Arm aus. »Und dann schlägt er den Leuten mit der Stange auf die Fußsohlen. Tja, man sollte meinen, das tut gar nicht so weh. Dass man das gut aushalten könnte. Aber nach fünf, sechs Schlägen fangen die Leute zu schreien an und flehen ihn an aufzuhören. Sie können einfach nicht anders.«

»Ich glaube, mehr will ich gar nicht hören.« Seikei fühlte sich plötzlich ziemlich schwach.

Der Junge zuckte ungerührt mit den Schultern. »Wenn du anfängst zu schreien, geben sie dir noch mal die Gelegenheit zu gestehen. Auf jeden Fall muss der Foltermeister nach zweihundert Schlägen aufhören. Mehr darf er an einem Tag nicht ausführen, so will es das Gesetz. Allerdings ich habe noch niemanden erlebt, der das durchgestanden hätte, ohne zu gestehen.«

»Niemanden?«

»Nein, niemanden. Also kannst du dir das Ganze auch ersparen und gleich ein Geständnis ablegen.«

»Aber ich bin doch unschuldig.«

»Na ja, das behaupten natürlich alle. Wobei bist du denn erwischt worden?«

»Beim Brandstiften«, sagte Seikei und fügte dann hastig hinzu: »Aber ich war's nicht! Es war jemand anders, der sich so angezogen hatte wie ich.«

»Seltsam, dass ihr beide zufällig zur gleichen Zeit am gleichen Ort wart.«

Plötzlich kam Seikei ein Gedanke. Das musste das Verbindungsglied zwischen den Feuersbrünsten in Edo und dem toten Mädchen sein! Derjenige, der im Laden der Seidenhändlerin Feuer gelegt hatte, hatte den Kimono des toten Mädchens getragen. Umaes Kimono.

Wollte der Brandstifter damit Umae die Schuld in die Schuhe schieben?

Rastlos rutschte Seikei hin und her. Die engen Fesseln schnitten ihm schmerzhaft in die Beine. Wenn er bloß Richter Ooka erzählen könnte, was er von den zwei Geishas erfahren hatte!

Und immer noch waren Teile des Geheimnisses ungelöst. Wie war der Kimono in die Hände des bärtigen Samurai gelangt? Warum hatte er ihn Umae zurückgebracht? Und hing das alles mit dem Tod der anderen Geishas zusammen?

Der Junge plapperte immer noch weiter, aber Seikei wollte ihm nicht mehr zuhören. »Allerdings steht auf Brandstiftung als Strafe Verbrennen bei lebendigem Leibe und das ist bestimmt genauso unangenehm wie die Folter …«

Ein Schatten verfinsterte auf einmal Seikeis Gesicht. Einen kurzen Moment lang genoss er es, von der Sonne abgeschirmt zu sein, doch dann packte ihn nackte Angst: Jetzt war also der Foltermeister eingetroffen.

Seikei sah hoch, konnte die große, dunkle Gestalt, die zwischen ihm und der grellen Sonne aufragte, aber nicht erkennen.

Dann sagte eine Stimme: »Gerade mal einen Tag hat dich der Richter aus den Augen gelassen, und jetzt sieh dir an, was geschieht! Ich erfahre, dass in Yoshiwara ein Brandstifter am Werk war, und wer wird zu meiner Überraschung des Verbrechens beschuldigt?«

»Bunzo!«, rief Seikei aus. Bunzos Worte beschämten ihn, aber seine Anwesenheit machte ihm neuen Mut. »Ihr müsst mir glauben, ich habe das Feuer nicht gelegt.«

»Das weiß ich«, sagte Bunzo. »Aber trotzdem machst du dich schuldig: Du bringst Schande über dich.«

Seikei sah zu Boden. »Meint Ihr, der Richter wird deswegen verärgert sein?« Der Gedanke war ihm unerträglich.

Bunzo schnaubte. »Wahrscheinlich nicht. Er scheint eine unerklärliche Schwäche für dich zu haben.« Der Samurai kauerte sich vor Seikei. »Vermutlich wird er eher böse auf *mich* sein, wenn ich dich nicht schleunigst hier raushole.«

»Könnt Ihr mich denn hier rausholen?«, fragte Seikei hoffnungsvoll.

»Ich habe mich bereits mit Richter Odozo unterhalten. Als ich ihn fragte, wo die Leute sind, die bezeugen können, dass du das Feuer gelegt hast, musste er zugeben, dass er sie gar nicht zu Gesicht bekommen hat.«

»Es waren Samurai, die auf dem Weg nach Hause waren«, erklärte Seikei. »Wahrscheinlich wollten sie zurück nach Edo.«

»Du hast doch hoffentlich kein Geständnis abgelegt?«

»Nein, das würde ich niemals tun!«, rief Seikei voller Empörung und gleichzeitig ein wenig stolz.

»Er hätte es getan, wenn der Foltermeister ins Spiel gekommen wäre«, sagte der Junge, der das Gespräch aufmerksam mitverfolgt hatte.

»Hol den Schlüssel und schließ seine Ketten auf«, befahl Bunzo.

»Richter Odozo hat mir nicht …«, setzte der Junge an, doch als Bunzo drohend einen Schritt auf ihn zumachte, rannte er davon.

»Als ich Richter Odozo sagte, dass du Richter Ookas Sohn bist, hat er eingesehen, welchen Fehler er begangen hat«, sagte Bunzo. »Wenn du das willst, wird er sich bei dir entschuldigen.«

»Nein, ich will nur schnell weg von hier«, sagte Seikei. »Es gibt vieles, was ich Euch berichten muss.«

Geschenke für die Geisha

Bunzo führte Seikei in eine Nudelküche und bestellte ihm eine kräftige Mahlzeit. Seikei aß mit Heißhunger, erzählte aber zwischen zwei Bissen immer, was er bisher erfahren hatte. »Richter Ooka wollte die Person ausfindig machen, die den Kimono im Laden der Seidenhändlerin getragen hat«, sagte er. »Es war nicht das tote Mädchen. Ihr war der Kimono weggenommen worden. Ich glaube eher, dass jemand sich an Umae rächen wollte.«

»Und was die letzte Brandstiftung angeht?«, fragte Bunzo. »Meinst du, die hat etwas mit den anderen Feuersbrünsten in Edo zu tun?«

»Bestimmt«, antwortete Seikei. »Wer auch immer es getan hat, hat irgendeine Verbindung zu Umae. Sie ist der Schlüssel. Vielleicht hat der Brandstifter das neue Teehaus allein deswegen schon abbrennen wollen, weil sie ein Mal dort tätig war.«

»Aber in Edo soll der Brandstifter eine Geisha gewesen sein«, wandte Bunzo ein. »Und hier hat die Gestalt doch eher wie du ausgesehen.«

Seikei nickte. »Ja, ich weiß. Das finde ich auch verwirrend. Aber ich bin sicher, dass der Richter sich einen Reim darauf machen wird.«

»Vielleicht solltest du mit mir zurückkommen«, sagte der Samurai. »Nicht dass du dir noch mehr Ärger einhandelst. Ich kann dir schließlich nicht jedes Mal aus der Patsche helfen.«

Seikei lief rot an. »Nein, der Richter hat gesagt, ich soll im Teehaus arbeiten. Dort kann ich mehr herausfinden.«

»Dann sei vorsichtig«, riet ihm Bunzo. »Ich habe keine Lust, dem Richter melden zu müssen, dass man deine Leiche aus dem Fluss gefischt hat.«

Seikei dachte an das Mädchen, das er nur einen Tag zuvor im Sarg hatte liegen sehen. Er fand die Vorstellung, dass Bunzo ihn so vorfinden könnte, nicht gerade angenehm.

An der Straße zum Kai trennten sich ihre Wege. Seikei fragte sich, wie er wohl im Teehaus empfangen werden würde. Schließlich war er am Abend zuvor unter der Anschuldigung abgeführt worden, er habe alle bei lebendigem Leibe zu verbrennen versucht. Das konnte Oba Koko bestimmt nicht gefallen haben.

Langsam brach die Abenddämmerung herein. Vor den Teehäusern wurden wieder die Lampions angezündet. Wie bunte Glühwürmchen schwebten die sanft flackernden Lichter über der Straße, wenn die Angestellten ihren Kerzenhalter nach oben reckten. Seikei beschleunigte seinen Schritt – im Haus *Fallende Kirschblüten* waren die Laternen *seine* Aufgabe und er wollte nicht, dass das jemand anders übernahm.

Gerade war das Teehaus in Sichtweite gekommen, da beobachtete Seikei, wie die Eingangstür aufglitt und die Spitze einer Laternenstange herausgeschoben wurde. Schließlich wurde auch die Gestalt sichtbar, die sie in Händen hielt.

Sie war genauso gekleidet wie Seikei, mit der gleichen pflaumenblauen Jacke und dem Beinkleid des Teehauses. Nur dass die Kleidung dieser Person sauber und ordentlich aussah.

Seikei rannte sofort los. Der andere Junge wirbelte herum und erblickte ihn. Dann ließ er die Stange fallen und stürzte davon, genau wie in der Nacht zuvor.

Doch diesmal hielt Seikei nichts davon ab, ihm zu folgen. Das Teehaus war nicht in Gefahr. Der andere war zierlich und konnte schnell laufen, doch Seikei verfügte über mehr Kraft und hatte innerhalb weniger Sekunden zum Verfolgten aufgeschlossen.

Der fremde Junge spähte über die Schulter – und sah Seikei dicht hinter sich. Hastig duckte er sich in eine Lücke zwischen zwei Teehäusern. Seikei folgte ihm, ohne an Geschwindigkeit zu verlieren.

In der schmalen Gasse lehnte eine Leiter an der Wand. Der Junge stieß im Vorbeirennen dagegen, sodass sie den Weg versperrte. Seikei schlüpfte leise fluchend zwischen den Streben hindurch und rannte weiter.

Als er auf der Rückseite der Gebäude ankam, war der Junge nirgendwo mehr zu sehen. Seikei suchte hinter den herumstehenden Fässern, aber ohne Erfolg.

Doch er war dem Verfolgten zuvor nahe genug gekommen, um zu erkennen, wer es war: Kiru, der Junge, der seine Stelle an dem Tag verloren hatte, an dem Seikei eingetroffen war.

Höchstwahrscheinlich war es also Kiru gewesen, der die frisch gewaschenen Kleider gestohlen hatte. Was wiederum bedeutete, dass er am Abend zuvor das Feuer gelegt haben musste.

Diese Entdeckung ließ Seikeis Herz schneller schlagen, doch immer noch blieben Fragen offen. Hatte Kiru auch die Feuer in Edo gelegt? Das bezweifelte er. Oder hatte er zumindest eine Verbindung zum Brandstifter von Edo? So ein Pech, dass Kiru ihm entkommen war!

Immer noch außer Atem ging Seikei zurück zum Teehaus. Die Stange zum Anzünden der Lampions lag noch auf der Veranda, die Kerze war beim Umfallen ausgegangen. Seikei bückte sich danach, als Oba Koko plötzlich aus dem Haus kam. Sie sah aus, als wäre ihr mal wieder danach, den Besenstiel zu schwingen.

»Du Faulpelz!«, rief sie. »Bist schon eine Ewigkeit hier draußen und die Lampen sind immer noch nicht an!«

Dann erkannte sie Seikei. »Du bist ja gar nicht Kiru«, sagte sie.

Seikei wusste darauf nichts zu erwidern.

Oba Koko sah sich um. »Was hast du mit ihm gemacht? Gib ihn sofort frei! Wenn du ihn mit einem Zauberbann belegt haben solltest, werde ich …« Sie hielt inne und stemmte die Arme in die Hüften. »Du hast doch gesagt, du wärst kein Dämon.«

»Oba Koko, Kiru ist einfach nur weggerannt, mehr nicht«, sagte Seikei. »Ich habe ihn mit keinem Zauber belegt. Er war es auch, der gestern Abend versucht hat, das Teehaus anzuzünden.«

»Tatsächlich?« Sie musterte ihn misstrauisch, ein Auge zugekniffen. »Ich habe gehört, *du* sollst es gewesen sein.«

»War ich aber nicht. Ich wurde fälschlicherweise beschuldigt, weil Kiru die gleiche Uniform anhatte wie ich.«

Oba Koko nickte langsam. »Ja, das stimmt. Er hatte sie heute Morgen auch an, als er herkam und seine alte Stelle wieder haben wollte. Wo ist er jetzt? Wenn ich ihn in die Finger kriege, wird er sich wünschen, er wäre stattdessen beim Foltermeister des Magistrats gelandet.«

»Er ist weg. Ist weggelaufen, als er mich kommen sah.«

»Hm. Sieht ihm ähnlich.« Sie schaute Seikei noch einmal zweifelnd an, aber dann zuckte sie mit den Schultern. »Ich brauche *einen* von euch für heute Abend. Wenn Kiru nicht da ist, dann übernimmst du eben. Und jetzt mach schleunigst die Lampen an. Es ist schon fast dunkel.«

Erleichtert machte sich Seikei auf den Weg in die Küche, um die Kerze am Ende der Stange wieder anzuzünden. Die Köchin zog die Augenbrauen in die Höhe, als sie ihn erblickte.

»Ich bin wieder da«, sagte Seikei und hoffte, dass sie ihn mit Fragen verschonen würde. Während er die Kerze ins Feuer hielt, erkundigte er sich: »Kommt Umae heute Abend wieder?«

»Das ist uns zumindest gesagt worden«, erwiderte Ryori. »Ich glaube, Umae wird heute verkünden, dass sie Nui als Kleine Schwester aufnimmt.« Sie machte eine Pause. »Deswegen hoffen wir alle sehr, dass heute nicht wieder etwas passiert, was Umae aus der Fassung bringt.«

Seikei wusste, dass diese Bemerkung auf ihn abzielte. »Ich werde mir alle Mühe geben«, versprach er.

Während er die Lampions anzündete, ließ er seinen Blick die Straße auf und ab wandern. Schon tauchten die ersten Kunden in Yoshiwara auf – jüngere, weniger wohlhabende Männer, für die so ein Ausflug ein großes Abenteuer darstellte. Seikei sah Jungen, die kaum älter waren als er selbst. Sich gegenseitig knuffend standen sie vor den Teehäusern und versuchten, den Mut aufzubringen hineinzugehen. In so einer Gesellschaft wäre der bärtige Samurai sofort aufgefallen. Wenn er vorhatte, heute wiederzukommen, dann sicher erst später.

Als Umae eintraf, wurde sie von Oba Koko und Nui herzlich empfangen. Seikei hielt sich abseits, doch als er ihr einmal ein Fässchen Sake ins Zimmer trug, spürte er den Blick der Geisha auf sich. Zum Glück schien seine Anwesenheit ihr kein Unbehagen zu bereiten; vielleicht hatte sie sogar schon vergessen, wer ihr am Abend zuvor den Kimono überbracht hatte.

Es dauerte nicht lange und Umaes Stammkunden trafen ein. Als Erste kamen Jugoro und Genda, und Seikei fiel auf, dass jeder ein verpacktes Geschenk für Umae mitgebracht hatte. Die beiden musterten einander kritisch – vermutlich waren sie sehr eifersüchtig. Beide Männer verfolgten schließlich dasselbe Ziel: Umaes besondere Zuneigung zu gewinnen.

Offenbar hatte Oba Koko die Geishas Maiko und Odori nicht überzeugen können, wieder ins Teehaus zu kommen. Stattdessen hatte sie nun zwei andere, weniger talentierte Frauen eingeladen, die das Risiko bereitwillig eingingen, einen Abend mit Umae unter einem Dach zu verbringen. Das würde ihrem Ruf sehr nützen.

Doch die meisten Gäste waren nicht damit einverstanden, bei den zwei neuen Geishas einquartiert zu werden. Der vorhergehende Abend hatte Umaes Beliebtheit keineswegs geschadet, im Gegenteil. Genau wie die Leute den Fugu-Fisch aßen, obwohl er doch tödlich sein konnte, so erhöhte die Gefahr, dass womöglich ein Dämon in der Nähe war, nur den Nervenkitzel eines Abends mit Umae.

Ein großzügiges ›Dankeschön-Geld‹ an Oba Koko machte es möglich, dass etliche Männer zu Umae vorgelassen wurden, denen der Zutritt am Abend zuvor verwehrt gewesen war. Und so war der Raum zu dem Zeitpunkt, als der alte Daimyo vom Vortag eintraf, bereits gefüllt. Seikei stand an der Eingangstür und versuchte, den Daimyo in eins der anderen Zimmer zu lotsen, doch der Mann bestand darauf, zu Umae geführt zu werden.

Sofort tauchte Oba Koko neben Seikei auf. »Das ist Fürst Iwakuri«, zischte sie wütend. »Finde einen Platz für ihn – und zwar genau dort, wo er ihn haben möchte.«

»Aber Umae hat schon zu viele Gäste …«, protestierte Seikei.

»Tu, was ich dir sage!«

Ergeben führte Seikei den Daimyo über den Flur. Als er die Tür zu Umaes Zimmer aufschob, sah er sofort, dass die Geisha heute viel besserer Stimmung war als am Abend zuvor. Jugoro und Genda saßen wieder links und rechts von ihr, und Umae sang gerade ein ergreifendes Lied über ein Mädchen, deren Herz zwischen dem Mann, den ihre Eltern ausgesucht haben, und dem heimlichen Angebeteten hin- und hergerissen ist.

Die Geschenke lagen nach wie vor ungeöffnet auf einem niedrigen Tisch. Zehn bis zwölf weitere Männer saßen im Zimmer und genossen das Schauspiel, das ihnen die konkurrierenden Männer boten – sowohl der gut aussehende Samurai als auch der Beamte des Shoguns saßen wie auf Kohlen und fragten sich, welches Geschenk sie wohl als Erstes aufmachen würde.

Seikei schaffte es, Fürst Iwakuri einen Platz am Fußende des Tisches frei zu machen. Die Männer dort mussten den Daimyo erkannt haben, denn sie rückten höflich zur Seite. Der alte Mann brauchte Hilfe, um sich hinzukauern, und griff nach Seikeis stützendem Arm.

»Setz dich hinter mich«, sagte Fürst Iwakuri, und Seikei gehorchte, froh, dass er damit eine Ausrede hatte, im Raum zu bleiben. Er wollte möglichst nahe bei Umae sein, um schnell eingreifen zu können, falls wieder etwas passieren sollte.

Umae reichte Nui ihre Shamisen und erhob sich. Während das Mädchen sie mit einfachen Akkorden begleitete, tanzte und sang sie. Und die Gäste schauten gebannt zu. Umae selbst könnte ein Dämon sein, schoss es Seikei durch den Kopf – wenn auch ein wunderschöner, anmutiger Dämon. Ihre Arme, mit denen sie ihre Gäste zu einem Ausflug in eine unbekannte, verlockende Welt einlud, schienen aus fließendem Wasser statt aus Fleisch und Knochen zu bestehen. Mit winzigen Schritten und verführerischer Stimme geleitete sie die Männer an einen Ort, an dem die Liebe über allem herrschte.

Die Geschichte, von der sie sang, endete wie so viele andere. Die junge Frau war gezwungen, ihre Liebe aufzugeben und dem Pfad der Pflichterfüllung zu folgen. Sie heiratete den Mann, den ihre Eltern ausgesucht hatten, doch ihr Leben war eintönig und voller Mühsal. Ihr Ehemann brachte ihr keinerlei Zärtlichkeit entgegen. Und dann begann ihr Angebeteter ihr Nachrichten zuzuschicken. Heimlich trafen sie sich bei Nacht, versicherten sich ihrer unsterblichen Liebe und flohen schließlich zusammen.

Doch natürlich war ihnen nur wenig Zeit vergönnt. Sie hatten die Gesetze der Gesellschaft übertreten, daher gab es keinen Ort, an den sie gehen konnten. Die einzige Möglichkeit zusammenzubleiben, bestand darin, gemeinsam zu sterben. Und für diesen Pfad entschieden sie sich.

Umae sank zu Boden, malerisch wie eine herabfallende Kirschblüte. Die Liebenden hatten ihrem Leben ein Ende gesetzt – und damit endete auch die Geschichte.

Was finden die Leute nur immer an diesen Selbstmorden aus Liebe?, fragte sich Seikei. Kann es sein, dass sie insgeheim mit ihrem eigenen Leben unzufrieden sind? Er dachte daran, wie sehr er sich gewünscht hatte, ein Samurai zu sein, kein Händlersohn. Was für ein kindischer Traum das gewesen war! Aber er war wahr geworden wie durch ein Wunder. Die Zahl derjenigen, die solch ein Glück hatten wie er, war allerdings verschwindend gering.

Ob er sich wohl mit der Zeit in sein Schicksal als Sohn eines Kaufmanns gefügt hätte? Er sah sich im Zimmer um. All diese Männer mussten im Leben eine bestimmte Rolle spielen – ein Leben führen, das von

Pflichten beherrscht wurde. Ein paar waren wohl Kaufleute, und die meisten sicher sehr reich, aber vielleicht waren sie dennoch unglücklich?

Umae ruhte sich kurz aus, dann stand sie auf und nahm ihren Platz am Tisch wieder ein.

Alle überschütteten sie mit Komplimenten für ihre Tanz- und Gesangsdarbietung. Genda goss ihr frischen Sake ein und Jugoro reichte ihr einen besonders appetitlichen Happen Aal.

»Es macht mich glücklich, dass es Euch gefallen hat«, sagte Umae und füllte höflich die Schalen der anderen Gäste, darunter auch die des alten Daimyo.

Fürst Iwakuri griff nach einer zusätzlichen Schale und gab sie Seikei. Seikei wollte ablehnen, aber der Daimyo ließ nicht locker.

Das Getränk schmeckte süß und bitter zugleich. Seikei hatte schon einige Male Sake getrunken. Dieser war eindeutig von besonders hoher Qualität.

Schließlich wandte Umae ihre Aufmerksamkeit den Geschenken zu. »Welches soll ich zuerst öffnen?«, fragte sie neckisch. »Ich kann mich einfach nicht entscheiden.«

Genda und Jugoro waren zu stolz, um sie jeweils zu ihrem eigenen Geschenk zu drängen, doch die anderen Tischgäste stellten lautstark Mutmaßungen darüber an, welches Geschenk kostbarer sein könnte.

Irgendwann rief Umae Nui herbei. »Sie soll mir die Augen verbinden«, beschloss sie. »Und dann die Geschenke so verschieben, dass ich nicht mehr sagen kann, welches welches ist. Das erste, auf das mein Finger fällt, werde ich dann aufmachen.«

Der alte Daimyo griff nach dem Sake-Krug, um seine Schale aufzufüllen, während Nui die Augenbinde vorbereitete. Dann drehte er sich zu Seikei um und wollte ihm ebenfalls nachschenken. »Komm schon«, sagte er, als er sah, dass Seikeis Schale beinahe noch voll war. »Du musst schneller trinken!«

Offenbar hielt der Fürst ihn für einen Gast. Höflich kippte Seikei die Schale herunter und hielt sie dem Daimyo hin. »Das sieht Umae mal wieder ähnlich«, raunte Fürst Iwakuri ihm zu, während er nachschenkte. »Man sollte meinen, sie wäre dankbar, gleich zwei Geschenke zu erhalten. Aber nein, sie gibt den beiden Narren das Gefühl, nicht großzügig genug geschenkt zu haben. Früher habe ich ihr selbst auch immer etwas mitgebracht. Aber sie ist nie mit etwas zufrieden. Sie kann so schön von Selbstmord singen und doch hat sie selbst mindestens einen Mann in selbigen getrieben.«

In der Hoffnung, mehr darüber zu erfahren, nippte Seikei wieder an seiner Schale. Nun aber waren alle Blicke auf das Kopfende des Tisches gerichtet, wo Umae ihre Wahl treffen würde. Nui wirbelte die Geschenke durcheinander und schob sie dann in Umaes Reichweite. Mit verbundenen Augen, aber einem Lächeln auf den Lippen ließ die Geisha ihre Hände rasch durch die Luft flattern – wie Schmetterlinge, die nach einem geeigneten Landeplatz Ausschau hielten.

Schließlich schwebten ihre Finger herunter und ließen sich auf einer der verpackten Schachteln nieder. Der Gesichtsausdruck der beiden Männer ließ keinen Zweifel aufkommen – es war Jugoros Geschenk.

Eine Warnung wird in den Wind geschlagen

Ein Lächeln erhellte Jugoros Gesicht. Bestimmt zog Umae ihn ohnehin Genda vor, dachte Seikei, denn Jugoro sah um Längen besser aus. Genda versuchte, Umaes Entscheidung mit Anstand zu akzeptieren, doch seine fest aufeinandergepressten Lippen zeigten, wie schwer es ihm fiel.

Die Geisha hatte mittlerweile die Augenbinde abgenommen und hielt nun die auserwählte Schachtel hoch, damit alle sie sehen konnten. »Macht sie auf«, drängten die Gäste. Nun, da der erste Teil des Spiels abgeschlossen war, wollten sie zu den Vorzügen des Geschenks ihre Kommentare abgeben.

Langsam, um die Spannung so lange wie möglich auszudehnen, knüpfte Umae das schmale Seidenband auf, das um das Päckchen geschlungen war. Dann schob sie das Reispapier beiseite, ohne es zu zerreißen, und öffnete schließlich den Deckel.

Im Inneren der ersten Schachtel befand sich eine zweite – eine weit schönere. Sie war aus Holz und mit mehreren Schichten glänzend schwarzen Lacks bedeckt. Die Seiten waren mit einer Landschaft bemalt, in der Vögel und kleine Tiere kreuchten und fleuchten. Umae hielt die Schatulle hoch, damit die Männer sie bewundern konnten, und klappte sie schließlich auf.

Ein Schreibset war darin – Pinsel, Tintenstab, Tintenstein und mehrere Blatt feinen Schreibpapiers.

Die Geisha äußerte ihr Entzücken angesichts solch eines großzügigen Präsents. Sie pries Jugoros Geschmack bei der Auswahl und versprach, sein Geschenk immer in Ehren zu halten.

Seikei war von ihren schauspielerischen Qualitäten beeindruckt. Er konnte nämlich erkennen, dass die Schreibutensilien zwar leidlich teuer, aber im Grunde doch ziemlich gewöhnlich waren. Seine Kindheit als Sohn eines Händlers hatte ihn gelehrt, zwischen nur scheinbar kostbaren und wirklich kostbaren Dingen zu unterscheiden.

Dieses Schreibset hätte aus der Herstellung jedes guten Kunsthandwerkers stammen können. Selbst das Papier war im Prinzip nicht mehr als gewöhnliche Alltagsqualität – für Geschäftszwecke gedacht, nicht als erlesenes Geschenk.

Die Gäste drängten Umae nun, auch Gendas Geschenk zu öffnen. Vermutlich hofften sie, dass es etwas wirklich Wertvolles war und Jugoro die Schamesröte ins Gesicht treiben würde.

Doch Umae stellte die erste Schatulle ab und faltete die Hände. »Zunächst«, sagte sie, »möchte ich etwas bekannt geben. Ich möchte meine Freude mit Euch teilen.«

Die Tischgäste horchten überrascht auf und sahen einander an, ob vielleicht einer von ihnen wusste, was sie erwartete.

Doch Seikei hatte als Einziger eine Ahnung, was nun kommen würde.

»Hiermit möchte ich offiziell verkünden«, sagte Umae, »dass ich Nui als Kleine Schwester angenommen habe.« Sie zeigte auf das Mädchen, das bescheiden die Augen senkte. Doch Seikei entging das triumphierende Lächeln nicht, das über ihr Gesicht huschte.

»Von nun an«, fuhr Umae fort, »wird Nui immer an meiner Seite sein, um zu lernen. Ich werde sie in allen Künsten unterrichten, die eine Geisha beherrschen muss.«

Höflich gratulierten die Männer der erfahrenen Geisha. Eigentlich müsste Nui die Glückwünsche empfangen, dachte Seikei. Doch von einer Kleinen Schwester erwartete man Gehorsam, Demut und Ehrerbietung vor anderen. Seikei lächelte in sich hinein. Das dürfte Nui besonders schwerfallen.

Und dann versetzte Umae alle in Erstaunen. Sie nahm das zweite Päckchen in die Hand, Gendas Geschenk. »Da ich von jetzt an alles mit Nui teile … überlasse ich ihr dieses Geschenk.«

Seikei hörte, wie mehrere Männer am Tisch nach Luft schnappten. Während Umae Nui die Schachtel reichte, glitten alle Blicke zu Genda hinüber. Er war natürlich außerordentlich wütend, doch der Anstand gemahnte, dass er es sich nicht anmerken ließ. Genda lächelte, als wäre dies genau die Art, wie er sein Geschenk behandelt wissen wollte. Doch Seikei bemerkte, wie er sich heimlich die Handflächen am Kimono abwischte.

Nui war sichtlich hingerissen, gab sich aber alle Mühe, bescheiden zu wirken. Sie wandte ein, sie sei eines solchen Geschenkes nicht würdig – und ließ dabei den Blick von einem Gast zum anderen flackern, um abzuschätzen, wie ihr Auftritt aufgenommen wurde.

Schließlich drängte Umae sie, das Geschenk aufzumachen. Als die Schachtel endlich ausgepackt war, wurde Seikei klar, dass Umae zwar den richtigen Mann, aber das falsche Geschenk ausgesucht hatte. Gendas Gabe war nämlich nicht nur nach dem Preis, sondern auch mit Geschmack und Sorgfalt ausgesucht worden.

Es war eine Teeschale aus Porzellan, mit Pflaumenblüten bemalt. Seikei erkannte darin das Werk von Kenzan, einem berühmten Töpfer, der für seine große Menschenscheu bekannt war – er richtete kaum jemals ein Wort an jemanden, und es hieß, er zerstöre die meisten seiner Arbeiten, weil er sie für unvollkommen hielt. Genda hatte bestimmt nicht wenig Aufwand betrieben, um an eine Schale aus der Hand des Meisters zu gelangen.

Nui dankte ihm in den innigsten Worten, doch es war offensichtlich, dass Genda viel lieber Umaes Dank empfangen hätte. Die Schale machte am Tisch die Runde, damit jeder sie ansehen und wertschätzen konnte. Jugoro äußerte sich besonders bewundernd. Seikei war nicht sicher, ob der Mann wirklich begriff, wie wertvoll dieses Geschenk tatsächlich war.

Fürst Iwakuri füllte Seikeis Schale wieder. »Siehst du, wie töricht es ist, eine Geisha zufriedenstellen zu wollen?«

»Ja.« Seikei nickte. Diese Lektion hatte Nui ihn auch schon gelehrt. Auf einmal fiel ihm das Mädchen ein, das ertränkt worden war. Es hatte von Umae den Kimono geschenkt bekommen. Und vielleicht war es wegen eben dieses Kimonos ermordet worden.

Und nun hatte Nui ein Geschenk von Umae empfangen. Seikei wurde plötzlich ganz unruhig. Sollte er Nui warnen? Würde sie ihn überhaupt ernst nehmen?

Er musste es versuchen. Doch immer noch redete der alte Daimyo auf ihn ein, sodass er nicht wegkonnte. »Manche Männer lernen nicht aus den Fehlern anderer«, sagte Fürst Iwakuri. »Selbst innerhalb ihrer eigenen Familie nicht. Es war sein Bruder, musst du wissen. Der Mann, der sich umgebracht hat – weil er einfach nicht aufhören konnte, um Umaes Gunst zu kämpfen.«

Seikei hörte nur mit halbem Ohr hin. Besorgt wandte er seinen Blick keine Sekunde von Nui ab. Sie versuchte immer noch, Umaes verführerische Gesten nachzuahmen. Wenn Umae lachte, lachte auch Nui. Wenn Umae ein Spiel vorschlug, klatschte Nui begeistert in die Hände. Aber sie muss noch viel lernen, dachte Seikei. Sie ist vielleicht sogar noch schöner als Umae, doch die Fähigkeiten einer Geisha entfalten sich nur mit vielen Jahren Erfahrung.

Schließlich erhob sich der alte Daimyo. Er war etwas wacklig auf den Beinen, und Seikei stand auf, um ihn zu stützen. Dabei wäre er jedoch selbst beinahe umgekippt, denn plötzlich entfaltete der Sake seine Wirkung.

»Ich bin müde«, sagte der Daimyo. »Für mich ist es genug für heute.« An Seikeis Arm wankte er aus dem Zimmer. »Denk daran«, sagte er zum Abschied. »Verrate niemals deine Ehre, indem du den Gelüsten deines Herzens folgst.«

»Ich werde es mir merken«, versicherte ihm Seikei.

Da tauchte Oba Koko auf. »Aiii, Fürst Iwakuri«, flötete sie. »Die Nacht ist noch jung! Ihr wollt doch nicht etwa schon gehen?«

»Ich bin ohnehin schon viel zu lange geblieben«, sagte der Daimyo und holte einige Silber-Mon aus einem Beutel in seinem Ärmel. Er drückte der Frau die Münzen in die Hand. »Ruft Ihr mir bitte die Kago-Träger?«

»Sie warten bereits auf Euch«, erwiderte Oba Koko. »Neffe!«, rief sie dann mit schneidender Stimme, als hätte Seikei nicht aufgepasst. »Sorg dafür, dass Fürst Iwakuri bequem reist.«

Seikei murmelte ein folgsames »Ja, Oba« und führte den alten Mann zum Ausgang. Am Fuße der Treppe standen schon zwei Kago-Träger, zwischen ihnen die bequeme Sänfte, in der der Fürst gekommen war.

Seikei half dem Daimyo beim Einsteigen. Als Fürst Iwakuri sich in die Kissen sinken ließ, merkte Seikei plötzlich auf: »Wessen Bruder war es, der sich umgebracht hat? Aus unerfüllter Liebe zu Umae?«

Der Daimyo sah ihn an. »Ich dachte, das wüsstest du. Es war der Bruder des Mannes am Kopfende des Tisches.« Er rieb sich die Stirn. »Mir fällt im Augenblick sein Name nicht ein. Der ... der Mann, der das Geschenk mitgebracht hat.«

Seikei bekam keine Gelegenheit weiterzufragen. Einer der Kago-Träger schob die Tür der Sänfte zu und wenige Augenblicke später war der Daimyo verschwunden.

Seikei schlug sich die Hand vor die Stirn – warum hatte er nicht besser aufgepasst? Der Bruder von jemandem, der sich wegen Umae das Leben genommen hatte, hatte eindeutig einen guten Grund, die Geisha zu hassen.

Angestrengt dachte Seikei nach. Fürst Iwakuri musste entweder Jugoro oder Genda gemeint haben. Aber keiner von beiden schien der Geisha übelzuwollen – im Gegenteil, sie buhlten um ihre Gunst. Der alte Daimyo musste sich geirrt haben – verständlich, nach dem vielen Sake, den er getrunken hatte.

Seikei hatte immer noch vor, Nui wegen des Geschenks von Umae zu warnen, und suchte nach einer Ausrede, in ihr Zimmer zurückzukehren. Doch sobald er das Teehaus betrat, wurde er von Oba Koko in Beschlag genommen. Eine große Lache Sake war aufzuwischen.

Der Rest des Abends verlief ereignislos. Seikei wartete gespannt, ob der bärtige Samurai auftauchen würde – aber er tat es nicht. Allmählich verließen die Gäste das Haus. Seikei sah, wie Genda und Jugoro gingen, was den Schlusspunkt von Umaes Feier markierte. Kurze Zeit später kamen die Kago-Träger der Geisha. Eifrig fielen Nui und Oba Koko am Ausgang auf die Knie und verliehen ihrer Dankbarkeit Ausdruck, dass Umae sie mit ihrer Anwesenheit beehrt hatte.

Sobald der Kago weg war, ging Seikei auf Nui zu. »Ich muss dir etwas sagen«, begann er. »Es geht um das Geschenk.«

»Oh«, sagte Nui. »Ich wusste es! Ich hätte es doch nicht im Zimmer stehen lassen sollen. Du hast die Schale zerbrochen, nicht wahr?«

Oba Koko sah zu ihnen herüber, und Seikei riss instinktiv die Hand hoch, um seine Nase zu schützen. »Nein«, wehrte er ab. »Die Teeschale hat keinerlei Schaden davongetragen. *Du* bist in Gefahr.«

Nui musterte ihn durchdringend und eine Sekunde lang meinte Seikei in ihren Augen Angst aufflackern zu sehen. Doch dann lachte sie. »Ich glaube nicht an diesen Unsinn, dass du ein Dämon sein sollst«, sagte sie bestimmt. »Ich lasse mich von dir doch nicht einschüchtern.«

»Aber es *gibt* einen Dämon«, beharrte Seikei. »Oder zumindest einen Verbrecher, der wie ein Dämon auftritt. In dem Teehaus, in dem Umae zuletzt tätig war, hat sie einem der Mädchen einen Kimono geschenkt. Das Mädchen hieß Akiko. Und es wurde wegen dieses Kimonos ertränkt. Dessen bin ich mir ganz sicher.«

»Na und?«, entgegnete Nui. »Ich werde die Teeschale schließlich nicht am Körper tragen. Wenn jemand vorhaben sollte, sie zu stehlen, wird er sie schon aus dem Teehaus entwenden müssen.« Sie durchbohrte Seikei mit kritischen Blicken, als könnte er dieser Jemand sein. »Dabei wird ihn Oba Koko erwischen. Und diesmal wird Richter Odozo ihn nicht so schnell laufen lassen.«

»Aber das ist noch nicht alles«, versuchte Seikei es weiter. »Ich glaube, Akiko wurde umgebracht, weil sie Umae so nahestand.«

»Und ich glaube, du bist nur neidisch auf mich«, sagte Nui.

»Nein, das ist nicht der Grund, warum ...«, entgegnete Seikei, doch das Mädchen hatte ihm bereits den Rücken zugewandt.

»Das reicht jetzt«, ging Oba Koko dazwischen. »Raus mit dir in den Hof, damit ich die Küchentür abschließen kann.«

Seikei zuckte mit den Schultern. Er hatte keine Wahl, er musste sich fügen – schließlich konnte er nicht beweisen, dass sein Verdacht begründet war.

Oba Koko gab ihm weder Kerze noch Lampe, um seinen Weg zum Schlafschuppen zu erleuchten. Natürlich nicht – er hätte ja schließlich etwas damit anzünden können.

In tiefster Dunkelheit rollte er seine Schlafmatte auf. Er war froh, die Uniform des Teehauses endlich ablegen zu können, die er seit anderthalb Tagen am Leibe trug. Nur mit seinem Juban, dem knielangen Unterrock, bekleidet, legte er sich zum Schlafen hin.

Er hatte damit gerechnet, sofort einzuschlafen, doch die Ereignisse der vergangenen drei Tage ließen ihn nicht zur Ruhe kommen. Bestimmt war der bärtige Samurai das fehlende Glied in der Kette. Doch wie sollte er ihm auf die Schliche kommen? Er hatte ja nicht einmal denjenigen erwischt, der ihm seine Kleider gestohlen hatte.

Seikei beschloss, eine der geistreinigenden Übungen zu versuchen, die Bunzo ihm beigebracht hatte. Er konzentrierte sich auf die Geräusche der Nacht, die er durch die dünnen Wände des Schuppens hören konnte. Und sobald er einen Laut identifizierte, zwang er seinen Geist, nicht mehr hinzuhören. Das Ziel war, den Lärm so weit zu verringern, bis nur noch Stille übrig blieb, und dann einzuschlafen.

In einem der Teehäuser, das hinter den *Fallenden Kirschblüten* lag, war immer noch eine Feier im

Gange. Sie wird auch bald zu Ende sein, dachte Seikei. Jemand kippte eine Ladung Abwasser in eine Rinne ein Stück weiter hinten im Hof. Grillen zirpten auf der Suche nach einem Partner. Und ganz in der Nähe weinte jemand.

Die Geschichte des Diebes

Seikei richtete sich auf seiner Schlafmatte auf. Es gab keinen Zweifel. Das Weinen klang zwar nur gedämpft zu ihm herüber, aber jetzt, wo er sich darauf konzentrierte, konnte er es deutlich hören.

Er hätte es nicht beschwören können, nahm aber an, dass es ein Mädchen oder eine Frau war, die da weinte. Der Gedanke, ihr zu Hilfe zu eilen, machte ihn kühn und wagemutig. Selbst wenn er das Rätsel um die Morde nicht lösen und den Dämon nicht fassen konnte – vielleicht konnte er sich ja trotzdem noch als Held erweisen.

Langsam schob er die Tür auf und sah nach draußen. Im Schein des Mondes konnte er den Hof ganz gut erkennen, doch die weinende Person war nirgendwo zu sehen. Gespannt lauschend machte Seikei einen Schritt nach vorn.

Das Weinen verstummte kurz, als hätte man seinen Schritt gehört, doch dann begann es wieder, nur dass es diesmal aus einer anderen Richtung zu kommen schien.

Seikei zögerte. War es möglich, dass ihn jemand – oder etwas – in eine Falle locken wollte? Plötzlich tauchte das Bild eines Dämons vor seinem inneren Auge auf, mit Klauen und langen Fängen und Augen, die in der Dunkelheit rot glühten.

Doch Seikei schüttelte entschlossen den Kopf und dachte an den Ehrenkodex der Samurai: Ein Samurai sieht dem Tod ohne Furcht entgegen. Er zwang sich, einen weiteren Schritt zu machen. Instinktiv griff er nach dem hölzernen Schwert, das er normalerweise unter dem Obi trug. Doch es war natürlich immer noch im Wächterhaus am Eingang der Schwimmenden Welt.

An der Außenwand eines benachbarten Teehauses war Feuerholz aufgestapelt. Seikei sah, dass jemand einige Scheite weggeräumt hatte, sodass eine Lücke entstanden war, groß genug, dass eine Person hindurchkriechen konnte.

Plötzlich blitzte ein Paar weißer Tabi-Socken in der Dunkelheit vor ihm auf. Seikei beugte sich etwas nach vorn ... und erblickte ein pflaumenblaues Beinkleid, das genauso aussah wie das seine.

In einer Mischung aus Wut und Triumph schrie Seikei auf, packte Kiru bei den Füßen und zerrte ihn aus seinem Versteck. »Diesmal entkommst du mir nicht!«, rief er.

Kirus Stimme war kaum mehr als ein Wimmern. »Tu mir nicht weh.« Er rollte sich auf den Rücken und hielt schützend die Arme vors Gesicht.

Auf einen Kampf ist er eindeutig nicht aus, dachte Seikei, hielt aber eingedenk dessen, wie schnell der Junge rennen konnte, weiterhin seine Fußgelenke umklammert.

»Was machst du hier?«, fragte er. »Willst du schon wieder versuchen, das Teehaus abzubrennen?«

»Nein, nein«, wehrte der Junge ab. »Es tut mir leid, dass ich es vorgestern versucht habe. Ich ... ich wusste nur nicht wohin. Ich dachte, ich könnte im Schuppen schlafen, aber den hatten sie ja auch dir gegeben.«

Seikei runzelte die Stirn. »Eine Luxusherberge ist das nicht gerade«, sagte er. »Er hat ja nicht einmal ein Fenster. Du könntest dir doch ohne Weiteres ein anderes Dach überm Kopf suchen.«

»Nein, kann ich nicht«, beharrte Kiru. »Ich wollte meine Stelle wiederhaben. Und ich hätte sie auch zurückbekommen, wenn nicht ausgerechnet du dahergekommen wärst. Oba Koko hat mich schon hundertmal rausgeschmissen. Aber ich musste jedes Mal nur draußen warten, bis sie wieder eine Aufgabe für mich hatte, und schon war ich wieder eingestellt.«

»Aber wenn du das Teehaus abgefackelt hättest, hättest du deine Stelle doch nie im Leben zurückbekommen.«

»Das weiß ich selber. Ich bin ja nicht blöd. Jedenfalls nicht *so* blöd.«

»Aber warum ...?«

»Die Frau mit dem Korb hat gesagt, das würde funktionieren. Sie sagte, wenn ich Feuer lege, könnte ich es schnell wieder löschen, wenn alle herausgelaufen kommen. Dann wäre ich der Held. Das war also mein Plan. Aber dann bist du wieder dahergekommen und hast mich verscheucht. Ich dachte, na wunderbar, jetzt ist *er* der Held. Wieso hat dich dann der Doshin mitgenommen?«

»Ein paar Samurai haben gesehen, wie du Feuer gelegt hast, und dachten, ich wäre es gewesen. Weil du die gleichen Kleider anhattest wie ich. Du hast sie gestohlen, nicht wahr?«

»Ja. Die Frau mit dem Korb hat gesagt, ich soll das machen.«

»Wer ist denn diese Frau mit dem Korb?«

»Sie verkauft Medizin und Zaubermittel. Trägt immer einen ganzen Korb voll mit sich herum. Zu ihr gehen die Leute, die es sich nicht leisten können, einen richtigen Arzt zu rufen.«

»Oder die einem Feind Schaden zufügen wollen«, ergänzte Seikei. In Osaka, wo er aufgewachsen war, hatte er auch schon von solchen Leuten und ihren Mittelchen gehört. Sein leiblicher Vater hatte gesagt, sie seien zwar nicht gerade verlässlich, aber einen Versuch wert, wenn nichts anderes mehr half.

»Ja«, gab Kiru zu. »Ich bin zu ihr gegangen, weil ich ein Zaubermittel haben wollte, um dich loszuwerden. Und da hat sie vorgeschlagen, ich soll dir deine Kleider stehlen.«

»Und dann hat sie dir auch geraten, das Teehaus in Brand zu stecken?«

»Ja.«

»Wo ist sie jetzt? Wo wohnt sie?«

»Ich weiß es nicht.« Kiru zuckte mit den Schultern. »Es heißt, sie käme aus Edo. Sie hat gesagt, wenn ich das Feuer lege, würde der Verdacht auf dich fallen und ich würde meine alte Stelle wiederbekommen.«

»Aber wenn es dir nun nicht gelungen wäre, den Brand zu löschen und als Held dazustehen ... Wie solltest du denn deine Stelle wiederbekommen, wenn es das Teehaus gar nicht mehr gäbe?«

»Ach das ... Sie hat mir versprochen, sie würde einen Spruch aufsagen, der verhindert, dass das Teehaus wirklich abbrennt. Zuerst hat das ja auch geklappt. Ich hab meine Stelle zurückbekommen. Aber dann hast du mich das zweite Mal verjagt. Warum eigentlich? Du willst die Stelle doch gar nicht wirklich haben. Du bist gebildet, das sieht doch jeder.«

»Das ist jetzt nicht wichtig«, wehrte Seikei ab. »Ich muss diese Frau finden.«

»Ich weiß aber nicht, wo sie ist. Als ich zu der Stelle gegangen bin, wo sie mich treffen wollte, war sie nicht da. Ich hatte gehofft, sie würde noch eine Idee haben, wie ich dich loswerden könnte.«

Seikei hätte beinahe gelacht, aber in seinem Kopf wirbelten die Gedanken durcheinander. Die Dinge, die er unbedingt Richter Ooka erzählen musste, wurden mit jeder Stunde zahlreicher.

»Weißt du, wie man am schnellsten nach Edo kommt?«, fragte er.

»Natürlich. Mit dem Boot. Das weiß doch jeder. Du hältst mich wohl immer noch für blöd, was?«

»Nein, aber ich könnte deine Hilfe brauchen. Könntest du jemandem eine Nachricht überbringen? Sein Haus liegt im Bezirk Marounichi, in der Nähe des Palastes. Ich kann dir den Weg beschreiben.«

Kiru zögerte. »Ähm ... was zahlst du mir dafür?«

»Dir was zahlen?« Seikei wurde wütend. »Du bist ein Verbrecher! Ich könnte dich jederzeit ins Gefängnis befördern.«

»Na dann lass erst mal meine Füße los und ich schaue, was ich machen kann.«

Seikei glaubte ihm kein Wort. »Wollen wir mal sehen ...«, sagte er. »Wenn du in Edo von der Fähre gehst – in welche Richtung musst du, um nach Marounichi zu kommen?«

»Hmm ... da lang?« Kiru deutete in eine völlig abwegige Richtung.

Knurrend ließ Seikei die zappelnden Füße los, sodass sie auf den Boden klatschten. »Du hast keine Ahnung, stimmt's?«

»Ich war überhaupt noch nie in Edo«, gestand Kiru. »Du hast mich auch nur gefragt, ob ich weiß, wie man da hinkommt.«

»Du warst noch nie in Edo? Du hast dein ganzes bisheriges Leben hier in Yoshiwara verbracht?«

»Jedenfalls soweit ich mich erinnern kann, ja. Meine Mutter war eine Geisha, aber nach ihrem Tod musste ich mir Arbeit suchen.«

Seikei seufzte. »Na dann komm«, sagte er. »Ich zeig dir Edo. Muss ich dich eben eigenhändig zum Richter bringen.«

Kiru zögerte, ob er mitgehen sollte. Seikei musste ihm versprechen, dass Richter Ooka ihn nicht bestrafen würde. »Er wird dir dankbar sein für die Informationen, die du ihm lieferst.«

»Wie dankbar?«

Seikei verstand sofort. »Nicht so dankbar, dass er dir dafür etwas zahlen wird«, sagte er. »Aber eins kann ich dir versichern – wenn sich deine Aussage als hilfreich herausstellt, wirst du deine Stelle im Teehaus garantiert zurückbekommen.«

»Ehrlich?« Der Zweifel in Kirus Stimme war nicht zu überhören.

»Ja, ich gebe dir mein Wort darauf.«

»Und was machst du dann?«

»Ich verschwinde einfach.«

»Aaaah. Das würde ich zu gern sehen. Um dich danach nie wiederzusehen.«

Seikei stand auf und ging zum Schuppen, um sich anzuziehen. Kurze Zeit später machten sich die beiden über eine schmale Gasse auf den Weg zur Hauptstraße. Es dauerte nicht lange und sie befanden sich zusammen mit etlichen anderen Passagieren auf dem Boot flussabwärts.

Seikei hatte sich am Wächterhaus sein Holzschwert zurückgeholt. Kiru beäugte es misstrauisch. »Du darfst doch gar kein Schwert tragen.«

»In Edo schon«, erwiderte Seikei. »Das Schwerterverbot gilt nur in Yoshiwara.«

»Ich dachte, nur Samurai dürfen Schwerter tragen.«

»Mein Vater ist ein Samurai«, antwortete Seikei.

Kiru überlegte. »Und warum arbeitest du dann in einem Teehaus?«

»Das wirst du alles später erfahren«, sagte Seikei. Einige der mitreisenden Samurai schienen ihre Unterhaltung zu belauschen, und Seikei wollte nicht, dass sie auf die Idee kamen, ihn herauszufordern.

An der Anlegestelle in Edo warteten schon mehrere Kago-Träger auf Kunden, die den Weg nach Hause nicht auf eigenen Füßen zurücklegen wollten. Und es gab nicht wenige Leute, die ihre Dienste in Anspruch nahmen. Seikei dagegen entschied, dass er und Kiru problemlos zu Fuß zum Anwesen des Richters gehen konnten.

Dunkel und still lagen die Straßen da. Alle Bewohner waren schon vor Stunden zu Bett gegangen, die Häuser und Läden waren ordentlich verriegelt. Wer die Nacht dazu nutzen wollte, um sich in Teehäusern oder Kabuki-Theatern zu vergnügen, musste schon nach Yoshiwara fahren.

Dass man bestohlen wurde, musste man auch nicht befürchten, denn in Edo wurden kaum Verbrechen begangen. Das lag zum einen daran, dass darauf drakonische Strafen standen, doch den weit wichtigeren Grund hatte Richter Ooka einmal so beschrieben: »Ein Verbrecher bringt die Ordnung einer Gesellschaft durcheinander. Jedem ist bewusst, dass dies für die Allgemeinheit sehr gefährlich ist, und so sind nur wenige gewillt, einen Verbrecher zu decken oder ihm Unterschlupf zu gewähren.«

Und dennoch lief derzeit mindestens ein gefährlicher Krimineller in Edo frei herum. Stumm bat Seikei die Kami-Geister um Schutz vor ihm, sei er ein Mensch oder ein Dämon.

Um zum Haus des Richters zu gelangen, mussten die Jungen einen der vielen Wassergräben überqueren, die den Palast umgaben. Seikei führte seinen Begleiter auf die schmale Holzbrücke, die über das Wasser gespannt war.

Als sie sich in der Mitte befanden, blieb Kiru plötzlich stehen. »Ich will nicht mehr weiter«, verkündete er.

»Was? Aber warum denn nicht?«

»Das ist mir alles zu groß hier. Ja, ich war neugierig, Edo einmal zu sehen, aber jetzt habe ich genug gesehen und will wieder nach Hause.«

»Du kannst aber nicht nach Hause«, sagte Seikei. »Du weißt doch gar nicht mehr, wie du zurückgehen müsstest.«

Kiru sah sich um. Sie waren durch ein wahres Labyrinth aus schmalen Gassen und breiten Alleen gegangen, die sich wild durch die Stadt wanden. Yoshiwara bestand aus nur fünf Straßen und die waren alle in Form eines Rechtecks angeordnet. Dort konnte man sich gar nicht verirren.

»Dann bleibe ich einfach hier, bis es wieder hell wird«, sagte Kiru. »Bei Tag finde ich schon zurück.«

»Das wird nicht gehen«, widersprach Seikei. »Kurz vor Tagesanbruch sammeln die Doshin des Shoguns jeden ein, den sie auf der Straße finden. Sie gehen davon aus, dass jemand, der kein Dach über dem Kopf hat, ein Verbrecher sein muss.«

»Stimmt das wirklich?«

»Willst du hierbleiben und es herausfinden? Oder lieber doch mit mir kommen? Es ist nicht mehr weit. Wir können im Handumdrehen bei einer Schale Tee und einer heißen Soba sitzen.«

Kiru riss seinen Kopf herum. »Soba? Nudelsuppe? Du lügst mich doch hoffentlich nicht an, oder? Ich bin nämlich nicht …«

»Ich lüge dich nicht an«, unterbrach ihn Seikei. »Jetzt komm, Beeilung.«

Als einer der wichtigsten Beamten des Shoguns hatte Richter Ooka ein großes Anwesen in unmittelbarer Umgebung des Palastes zugewiesen bekommen. Im Unterschied zu den normalen Stadthäusern war dieses aus Stein gemauert, den man aus einem Steinbruch ein Stück weiter flussaufwärts hierher geschafft hatte. Das Gebäude war zweistöckig und hatte ein überhängendes rotes Dach, das die Veranda vor der Sonne schützte. Auf der Rückseite befand sich ein gepflegter Steingarten, in den der Richter sich zurückzog, wenn er seinen Geist reinigen wollte.

Alles schien zu schlafen, als Seikei und Kiru sich dem Haus näherten. Die Türen waren fest verschlossen, nirgendwo brannte Licht.

Doch sobald ihre Füße die erste Stufe zur Veranda berührten, glitt die Eingangstür auf. Bunzo erschien auf der Schwelle, die Hand auf dem Griff seines Schwertes. Er nickte, als er Seikei erkannte, dann sah er fragend zu Kiru hinüber.

»Die Kleidung kenne ich doch«, sagte er. »Ist das der Verbrecher, der versucht hat, das Teehaus abzubrennen?«

»Du hast doch gesagt …«, begann Kiru, doch Seikei packte ihn schnell beim Arm, damit er nicht wegrannte.

»Ja, das ist er«, sagte Seikei zu Bunzo. »Aber er kann dem Richter wichtige Informationen liefern.«

Der Samurai warf Kiru einen Blick zu, der selbst Seikei Angst einjagte. »Brandstifter müssen streng bestraft werden.«

Seikei verstärkte seinen Griff. »Lasst uns bitte eintreten, Bunzo. Der Richter soll entscheiden. Ich habe dem Jungen mein Samurai-Ehrenwort gegeben, dass ihm nichts geschehen wird.«

Der Tempel von Kannon

Seikei hatte sich schon öfter gefragt, ob Bunzo überhaupt jemals schlief. Bei Richter Ooka hingegen konnte es daran keinen Zweifel geben. Als er schließlich zu den Jungen stieß, hatte die Köchin schon Tee zubereitet und auf Seikeis Wunsch hin mehrere Schalen mit dampfender Soba gefüllt. Der Richter setzte sich zu den Jungen auf den Boden und nahm sich eine Schüssel Soba.

»Du hast also wichtige Neuigkeiten für mich?«, fragte er.

»Ich glaube jedenfalls, dass sie wichtig sind«, antwortete Seikei.

»Wenn sie es nicht wären, hättest du den Jungen nicht mitgebracht und mich nicht geweckt«, sagte Richter Ooka.

Seikei nickte und hoffte sehr, dass sein Ziehvater Kirus Geschichte für bedeutsam erachten würde. Kiru begann zu erzählen. Währenddessen aß der Richter seine Schale Soba leer und schmatzte dabei lautstark, um zu zeigen, wie gut es ihm schmeckte. Ab und zu ergänzte Seikei den Bericht des Jungen durch zusätzliche Einzelheiten.

Als Kiru zu Ende gesprochen hatte, dachte der Richter eine Weile konzentriert nach. Irgendwann nahm Kiru seinen ganzen Mut zusammen und durchbrach das Schweigen. »Kann ich jetzt meine Stelle wiederhaben?«, fragte er.

Der Richter sah ihn an. »Noch nicht«, murmelte er und wandte sich dann Seikei zu. »Was ist gestern Nacht im Teehaus passiert, nachdem Bunzo gegangen war? Ist der bärtige Samurai noch einmal wiedergekommen?«

»Nein. Umae verkündete, dass sie Nui, eins der Mädchen des Teehauses, als Kleine Schwester angenommen hätte.« Und dann erzählte Seikei von den zwei Geschenken.

»Umae hat Nui also das kostbarere Geschenk überlassen?«, hakte der Richter nach.

»So schien es mir, ja.«

»Dann muss sie große Stücke auf sie halten. Wenn das so ist, musst du schleunigst wieder zurück in die Schwimmende Welt und die Kleine Schwester genau im Auge behalten.«

Seikei fragte sich, wie er das wohl bewerkstelligen sollte. »Du siehst doch, wo die Verbindung ist, nicht wahr?«, fuhr Richter Ooka fort. »Wer Umae nahesteht, lebt gefährlich. Die zwei anderen Geishas, die Frau, die im Fluss ertränkt wurde … Jetzt kennen wir das Warum des Verbrechens.«

»Weil jemand sich an Umae rächen wollte?«, mutmaßte Seikei.

»Richtig. Aber das Wer ist noch unbekannt.«

»Der bärtige Samurai vielleicht?«, schlug Seikei vor.

»Das liegt im Bereich des Wahrscheinlichen.« Der Richter zögerte. »Aber wir kennen seinen richtigen Namen nicht. Und denk an die Frau, die Medizin und Zaubermittel verkauft und andere dazu drängt, Feuer zu legen.«

»Die kann ich finden, wenn Ihr wollt«, meldete sich Kiru.

»Nein«, wehrte Richter Ooka ab. »Du bleibst hier, als mein Gast, während Seikei nach Yoshiwara zurückkehrt.«

Kiru warf einen gehetzten Blick in Richtung Ausgang, doch es brauchte nur ein kurzes Kopfschütteln von Bunzo, der an der Tür stand, und der Junge ließ ergeben die Schultern hängen.

»Du hast mir dein Wort gegeben«, sagte er vorwurfsvoll zu Seikei.

Seikei nickte. »Ja, und ich habe es ernst gemeint.« Er wandte sich an den Richter. »Es gibt noch etwas, was Ihr wissen solltet.« Seikei berichtete ihm von Fürst Iwakuris Kommentar über den Mann, der Selbstmord begangen hatte. »Das heißt, entweder Genda oder Jugoro haben Grund, Umae zu hassen. Aber das kann ich mir nicht vorstellen.«

»Warum nicht?«

»Weil beide ihr Geschenke mitgebracht haben. Sie schienen ... in sie verliebt zu sein.«

Der Richter lächelte. »Manch einer reicht mit der einen Hand ein Geschenk, um von dem Messer in seiner anderen Hand abzulenken. Auf jeden Fall hast du mir da eine wertvolle Information geliefert. Ich werde mit Fürst Iwakuri sprechen.« Er gähnte. »Aber nicht sofort. Mach du dich auf den Weg, damit du noch vor Tagesanbruch wieder in Yoshiwara bist.«

»Obwohl dort niemand bei Tagesanbruch aufsteht«, seufzte Seikei.

Womit er Recht hatte. Todmüde kam er schließlich wieder im Teehaus an. Er schloss die Tür des Schuppens hinter sich, legte sich auf seine Matte und schlief augenblicklich ein. Da der Schuppen keine Fenster hatte, weckte ihn die aufgehende Sonne nicht. Auch die Geräusche der allmählich erwachenden Bewohner von Yoshiwara drangen kaum in seine Hütte hinein.

Seikei machte die Augen erst auf, als Tsune an die Schuppentür hämmerte. »Ist da jemand?«, rief sie. »Die Köchin braucht jemanden, der Daikon-Wurzeln reibt – welcher Neffe du auch immer sein magst.«

Wankend kam Seikei auf die Füße und öffnete die Tür. Das grelle Sonnenlicht blendete ihn.

»Du siehst ja grauenhaft aus«, sagte Tsune. »Nui hat Oba Koko erzählt, dass du mit den Gästen Sake getrunken hast. Sake macht höllische Kopfschmerzen, wenn man zu viel davon erwischt.«

Die Erwähnung von Nuis Namen erinnerte Seikei an seinen Auftrag. »Wo ist sie?«

»Oba Koko? Beim Zimmermann. Heute Nacht ist einer der Gäste durch eine Tür gekracht.«

»Nein, ich meine Nui. Wo ist sie?«

»Ach, die ist mit Umae nach Edo unterwegs. Umae will sie im Tempel von Kannon vorstellen.«

Ein Schauer rann Seikei den Rücken hinab. »Wie bitte?«

»Ja, so ist der Brauch, wenn eine Geisha eine neue Kleine Schwester annimmt. Kannon ist die buddhistische Schutzpatronin der Geishas, sie ist voller Liebe und Vergebung. Der Tempel liegt in Asakusa, im nördlichen Teil der Stadt ...«

»Ich weiß, wo er liegt«, unterbrach Seikei sie ungeduldig. »Wann sind die beiden aufgebrochen?«

»Das ist schon eine Weile her. Sie wollten einen schönen Ausflug machen. Um den Tempel herum gibt es jede Menge Möglichkeiten, sich zu amüsieren. Wenn *mich* doch auch mal jemand irgendwohin mitnehmen würde ... He, wohin gehst du?«

Während sie redete, hatte Seikei sich umgezogen. Jetzt sah er wieder wie der Sohn eines Samurai aus.

»Nach Edo«, sagte er.

»Aber das geht nicht! Soll ich die Daikon-Wurzeln etwa allein reiben? Oba Koko wird bestimmt böse sein. Du verlierst deine Stelle!«

»Sag ihr, dass Kiru sie sowieso zurückhaben will!«, rief er über die Schulter und eilte davon.

Diesmal habe ich mich wahrlich nicht mit Ruhm bekleckert, dachte er. Eine einzige Anweisung hatte er vom Richter bekommen – Nui im Auge zu behalten. Und was war geschehen? Er war eingeschlafen, sodass Nui unbemerkt verschwinden konnte.

Der Schlaf war eben ein trügerisches Ding. Einmal hatte Seikei Bunzo gefragt, wie er es schaffte, ohne Schlaf auszukommen, und der hatte geantwortet: »Man muss zwischen den Zeiten der Achtsamkeit schlafen.« Das bedeutete wohl, dass Bunzo gleichzeitig schlafen und wachsam sein konnte – etwas, das Seikei eindeutig noch nicht beherrschte.

Nun musste er also mit dem Boot wieder nach Edo. Er holte sein Schwert am Wächterhaus ab und steckte es in seinen Obi, wurde aber das bedrückende Gefühl nicht los, dass er es eigentlich zu Unrecht trug.

Ausgerechnet jetzt, wo Seikei möglichst schnell vorankommen wollte, schien die Welt sich besonders langsam zu bewegen. Zu dieser Tageszeit gab es noch kaum Kunden, die Yoshiwara verlassen wollten. Der Bootsmann verzögerte die Abfahrt in der Hoffnung, dass sich doch noch weitere Fahrgäste einfinden würden. Schließlich gab Seikei ihm ein üppiges Trinkgeld, damit er ablegte. Doch auch dann überließ es der Mann dem trägen Sumida-Fluss, die Fähre in seinem eigenen Tempo voranzuschieben.

Als das Boot endlich am anderen Ufer anlegte, stürmte Seikei zum Asakusabashi-Tor, dem östlichen Zugang nach Edo. Mittlerweile hatten sich dort einige

Menschen versammelt – Reiter und Kago-Träger, aber vor allem Arbeiter und Kleinhändler, die zu Fuß unterwegs waren. Und alle hatten es eilig, an ihr Ziel zu kommen.

Jenseits des Tores sah es ganz anders aus als im restlichen Edo. Selbst wenn Seikei nicht gewusst hätte, dass er in Asakusa war – ein Blick auf die Passanten hätte es ihm gezeigt: Hier waren fast nur Frauen und Kinder unterwegs.

In ganz Edo, dem Hauptsitz der Militärregierung, wohnten etwa doppelt so viele Männer wie Frauen, im Stadtteil Asakusa war das genau umgekehrt. Hierher kamen immer viele Besucher, um die besonderen Vergnügungen des Viertels zu genießen, die gut sortierten Geschäfte und die bunten, oft kostenlosen Attraktionen.

Seikei drängte voran, doch immer wieder wurde ihm der Weg von kleinen Menschenansammlungen versperrt. Die Leute scharten sich um die Jongleure, Schwertschlucker, Akrobaten und Ringer, die sich von ihren Zuschauern ein paar Münzen erhofften.

Auffällige Banner lockten die Kundinnen in die Läden. Hier wurde alles angeboten, was Frauen schöner machte: Schminke zum Betonen der Augen, Lippen und Wangen, Pinzetten zum Augenbrauenzupfen, Kajalstifte, Nagelpolituren, üppig verzierte Kämme und Haarschmuck und Yoji zum Schwärzen der Zähne, was als besonders schön galt. Dazu gab es für Kinder jede Menge Süßigkeiten, Obst und Spielzeug –

Drachen, Kreisel, Bälle, Puppen und winzige Tierchen aus gefaltetem Papier.

Seikei versuchte, sich einen Weg zwischen den vielen Ständen hindurchzubahnen. Von allen Seiten redeten Ausrufer auf ihn ein, sich für ein paar Münzen in irgendwelchen Kabäuschen wundersame Dinge anzusehen: merkwürdige Tiere, die aus China oder ferneren Ländern stammten, Schlangenmenschen, die ihren Körper überraschend verknoten konnten, einen Mann mit sechs Fingern an jeder Hand oder eine Ziege mit zwei Köpfen.

Schließlich erreichte Seikei einen großen Platz. In seiner Mitte ragte der Tempel von Kannon weit über das Durcheinander und die Hektik hinaus. Man sagte, er sei schon vor über tausend Jahren erbaut worden. Im Laufe der Jahrhunderte hatten allerdings etliche Teile der ausgefeilten Holzkonstruktion neu errichtet werden müssen. Lautes Hämmern bezeugte, dass auch jetzt Zimmerleute damit zugange waren.

Seikei stieg die breite Treppe zum Vorplatz des Tempels empor. Der Säulenvorbau war strahlend rot lackiert und stützte das tief herabhängende Dach.

Türen gab es keine. Seikei konnte, wie die anderen Pilger, einfach zwischen den Säulen hindurch in die große Halle gehen und schon stand er vor der goldenen Statue von Kannon. Die Göttin trug ein fließendes Gewand und hielt mit beiden Händen einen Edelstein, der auf ein Lotusblatt gebettet war. Es hieß, dies symbolisiere die Gabe der Erleuchtung.

Die Legende besagte, zwei Fischer hätten die Statue einst in ihrem Netz aus dem nahe gelegenen Fluss gezogen. Da sie nicht wussten, wen sie darstellte, hätten sie sie wieder ins Wasser geworfen. Doch die Statue sei immer und immer wieder aufgetaucht. Schließlich hätten die beiden sie zum Daimyo gebracht, der sie als Kannon erkannte und ihr sofort einen Schrein erbauen ließ.

Kannon half mit ihren Kräften besonders Frauen und Kindern, weswegen die Geishas sie zu ihrer Schutzgöttin auserkoren hatten. Jede Frau, die am Beginn ihrer Laufbahn als Geisha stand, kam hierher, um ein Opfer darzubringen und Kannon um ihren Segen zu bitten. Ältere Geishas baten sie um verschiedene Gefallen. Auch Schwangere und Mütter kamen oft hierher, brachten Geschenke und hofften, dass Kannon ihnen bei der Niederkunft beistehen und ihre Kinder vor Übel schützen möge.

Seikei suchte die Gesichter in der Menge ab. Jedes Mal, wenn er eine Geisha erblickte, keimte neue Hoffnung in ihm auf, doch keine von ihnen war Umae. Als er sich der Statue von Kannon näherte, erspähte er plötzlich einen Gegenstand, den er schon einmal gesehen hatte: Zwischen den Opfergaben des Tages befand sich auch die erlesene Teeschale aus Porzellan.

Genda wäre bestimmt ziemlich überrascht, dachte Seikei, dass das Geschenk, das er so sorgfältig für die schöne Umae ausgesucht hat, letzten Endes hier gelandet ist.

Seikei entdeckte einen Mönch, der gerade einigen älteren Damen die Stufen zur Statue hinaufhalf. »Habt Ihr vielleicht eine Geisha und ihre Kleine Schwester gesehen?«, fragte ihn Seikei. »Sie haben Kannon eine Teeschale geopfert.«

»Bestimmt habe ich sie gesehen«, erwiderte der Mönch. »Aber unter all den Menschen … Ich kann sie kaum mehr auseinanderhalten.«

»Wohin geht man denn nach der Opfergabe?«

Der Mönch deutete Richtung Asakusa. »Viele Leute finden dort Dinge, mit denen sie sich von ihren Sorgen ablenken können.«

Ratlos machte sich Seikei wieder auf den Weg zu den lärmenden Straßen unterhalb des Tempels. Wohin konnte Umae Nui gebracht haben, um ihre Ernennung zur Kleinen Schwester zu feiern?

Und plötzlich stach ihm Umaes Gesicht aus der Menge ins Auge. Im gleichen Moment erblickte sie auch ihn, und Seikei, der sofort losrannte, sah die Angst in ihren Augen aufflackern. Sie war allein, und noch bevor sie das erste Wort zu ihm sprach, wusste er schon, was geschehen war.

Umaes Geheimnis

»Wo ist Nui?«, fragte Umae. »Was hast du mit ihr gemacht?«

Seikei war erstaunt, dass die Geisha *ihm* diese Fragen stellte. »Im Teehaus wurde mir gesagt, dass Ihr mit ihr nach Edo wolltet, um Kannon zu opfern. Ich bin Euch gefolgt, um …«

»Der Tempel!«, unterbrach ihn Umae. »Ja, vielleicht ist sie wieder dahin zurückgegangen. Schnell, wir müssen hin.«

»Ich komme gerade von dort«, sagte Seikei. »Umae, bitte, was ist denn passiert? Wo habt Ihr Nui zuletzt gesehen?«

Die Geisha rieb nervös die Handflächen aneinander. »Als sie verschwunden ist, dachte ich … ich dachte an den Dämon, von dem die Leute ständig reden. Ich hatte Angst, du wärst das, weil dich zuvor noch nie jemand in Yoshiwara gesehen hatte und weil du mir den Kimono gebracht hast. Er hat mir solche Furcht eingejagt – weil es der Kimono war, den ich Akiko geschenkt hatte. Wusstest du das?«

»Ich habe es später erfahren«, antwortete Seikei. »Aber der Kimono kam ja nicht von mir, sondern von dem Samurai, der sich Fukushu nannte. Wisst Ihr, wer er wirklich ist?«

»Nein. Und ich verstehe auch nicht, warum er diesen Namen angenommen hat – Rache ...«

»Aber bitte erzählt weiter von Nui. Wohin ist sie gegangen?«

Umae sammelte nur mit Mühe ihre Gedanken. »Wir wollten uns Kannons Pferde ansehen. Die Mönche halten zwei milchweiße Pferde, damit Kannon reiten kann, wenn sie in Menschengestalt zurückkehrt. Der Stall liegt hinter dem Tempel. Aber auf dem Weg dorthin begegnete uns eine Frau, die Zaubermittel verkaufte.«

»Zaubermittel?«

»Ja, du weißt schon, Talismane, die Glück oder Geld oder Reichtum bringen sollen. Es heißt, gute Kami sollen darin hausen.«

»War das dieselbe Frau, die auch drüben in Yoshiwara Zaubermittel verkauft?«

»Ich weiß es nicht.«

Seikeis Gedanken rasten. »Wie hat sie ... was ist dann geschehen?«

»Meine liebe kleine Nui sagte, sie wolle etwas für mich kaufen. Ich denke, Oba Koko hatte ihr Geld mitgegeben, für alle Fälle. Die Frau schlug vor, sie zu einem Geschäft zu führen, in dem meine Kleine Schwester etwas ganz Besonderes bekommen könnte.

Nui bat mich also, zu den Ställen zu gehen, sie würde dann nachkommen. Sie wollte mich überraschen. Aber ich wartete und wartete und sie kam einfach nicht.«

Dummes Mädchen, dachte Seikei. Sie hat sich irgendwohin locken lassen. »Führt mich zu der Stelle, wo Ihr der Frau begegnet seid«, sagte er.

Seikei machte sich große Vorwürfe. Nun war das denkbar Schlimmste geschehen – und das alles nur, weil er geschlafen hatte, anstatt, wie befohlen, aufzupassen.

»Hier war es«, sagte Umae. Sie befanden sich in einer schmalen Gasse. Die Geschäfte hier hatten sich auf Waren für die Geisterwelt spezialisiert. Manche verkauften Opfergaben, die, so wurde versprochen, Kannon mit Sicherheit erfreuen würden. Andere boten Gebetsketten und -mühlen an, heilige Schriften, die ihren Lesern Segen bringen sollten, Relikte wie Knochenstücke, Haare und Fingernägel von Heiligen oder Dinge, die ein Heiliger berührt hatte.

Seikei führte Umae durch jeden Laden. Überall beschrieb sie Nuis Entführerin, doch die meisten Ladenbesitzer zuckten nur mit den Schultern. Es ging ihnen nicht anders als dem Mönch – sie sahen täglich zu viele Menschen, um sich an ein einzelnes Gesicht erinnern zu können.

Schließlich betraten die beiden erschöpft ein kleines Geschäft, in dem Tee und Reiskuchen verkauft wurden. Als Geisha hatte Umae gelernt, ihre Gefühle zu verbergen, dennoch konnte Seikei erkennen, wie angespannt sie war.

»Es ist meine Schuld, dass Nui verschwunden ist«, sagte er, nachdem sie ein paarmal am Tee genippt hatten. »Ihr dürft Euch keine Vorwürfe machen.« Als die Geisha ihn erstaunt ansah, fuhr er fort: »Nein, ich bin nicht der Dämon. Richter Ooka hatte mich aber damit beauftragt, Euch und Nui zu beschützen, und ich habe versagt.«

»Ich verstehe nicht«, erwiderte Umae. »Wieso macht sich jemand wie Richter Ooka Sorgen um eine Geisha und ihre Kleine Schwester?«

Seikei erzählte ihr von den Bränden und der Geisha, die im Laden der Seidenmacherin gesehen worden war. »Deswegen sind wir nach Yoshiwara gekommen. Dort sahen wir den Totenzettel für Akiko und erfuhren, dass sie einen Kimono wie den getragen hatte, den die Seidenmacherin gesehen hatte.«

»Meinen Kimono«, flüsterte Umae.

»Ja, so scheint es.«

»Aber die Geisha, die den Seidenladen in Brand gesteckt hat – das war nicht ich. Ich komme kaum aus Yoshiwara heraus. Nur heute ... aiii, ich wünschte, ich hätte nicht den Weg nach Edo gewählt. Kannon hat nicht auf uns herabgelächelt. Arme Nui.«

»Was geschehen ist, steht irgendwie mit Euch in Verbindung«, erklärte Seikei. »Wer könnte denn einen Grund haben, Euch Böses zu wollen? Auf Rache zu sinnen? Was habt Ihr getan?«

Umae verfiel in ein nachdenkliches Schweigen. In ihrem Gesicht war keinerlei Regung zu erkennen. »Ich bin doch nur eine Geisha«, sagte sie schließlich. »Mein Leben ist darauf ausgerichtet, Männern Vergnügen zu bereiten, nicht sie zu erzürnen.«

Seikei ahnte, dass sie etwas verbarg. »Trotzdem habe ich selbst schon miterlebt, wie Ihr Leute vor den Kopf gestoßen habt.«

»Tatsächlich? Wann war das?«

»Letzte Nacht, als Ihr Gendas Geschenk an Nui weitergegeben habt. Das hat ihm gar nicht gefallen. Und als Ihr sein Geschenk gesehen habt ... müsst Ihr es bereut haben, denn es war viel kostbarer als das von Jugoro.«

Die Geisha lächelte zaghaft. »Das ist dir also aufgefallen? Du scheinst eine gute Menschenkenntnis zu besitzen. Soll ich dir ein Geheimnis anvertrauen?«

»Gern – alles, was mir helfen kann, Nui zu finden.«

»Ich weiß nicht, ob es hilft. Aber vielleicht doch. Ich wusste schon vorher, dass Gendas Geschenk das wertvollere sein musste. Jugoro ist jung und gut aussehend, aber er hat kein Gefühl für kostbare Dinge. Genda hingegen ist viel erfahrener. Wenn ich singe oder tanze, sind es seine Komplimente, die mir am meisten bedeuten.«

Sie nahm den Kessel und schenkte Tee nach. Seikei entging nicht, mit welcher Grazie sie sich bewegte. Die Geisha bemerkte seinen Blick und lächelte. Seikei spürte, wie seine Wangen zu brennen anfingen, und auf einmal verstand er, welche Anziehungskraft Umae ausübte. Auf einmal wünschte auch er sich, dass *seine* Komplimente ihr am meisten bedeuten sollten und dass Umae nur für ihn allein tanzte.

Als sie weitersprach, brach der Bann. »Also machte ich mit Nui insgeheim aus, dass sie Jugoros Geschenk so hinlegen sollte, dass meine Hand darauf fiel, trotz Augenbinde.«

»Was?«, rief Seikei. »Wie …?«

Umae ließ ihre Hände anmutig flattern. »Nui brauchte eine Opfergabe für Kannon. Und sie konnte sich nicht leisten, selbst etwas zu kaufen. Deswegen habe ich ihr Gendas Geschenk überlassen. Nur leider scheint es Kannon nicht erfreut zu haben.«

Seikei riss verdutzt den Mund auf. »Aber hat es Euch gar nicht gekümmert, was Genda darüber denken würde?«

Umae sah ihn an und ihre großen, wunderschönen Augen waren voller Geheimnisse, die er niemals erfahren würde. Doch dieses eine hatte sie anscheinend zu offenbaren beschlossen. »Du bist noch jung«, sagte sie. »Du erkennst vielleicht schon den Unterschied zwischen einer kostbaren Teeschale und einem teuren, aber geschmacklosen Stück Porzellan. Aber du kennst die Männer nicht. Wahrscheinlich wirst du sie auch nie so gut kennen wie ich. Genda wird auf mein ungebührliches Verhalten mit einem noch wertvolleren Geschenk reagieren – mit einem, das so kostbar ist, dass ich es einfach nicht ablehnen kann.«

Das verschlug Seikei regelrecht den Atem. Er wusste, dass die Geisha Recht hatte, doch im selben Augenblick wurde ihm klar, wie viel klüger Umae war als die Männer, mit denen sie es zu tun hatte. Würde Nui sie eines Tages ebenso durchschauen können? Er bezweifelte es.

Dann schüttelte er den Kopf. Er war in Umaes Bann geraten, aber das würde ihm nicht helfen, Nui zu finden. »Ich habe gehört ... Ich muss Euch danach fragen ... Hat sich wirklich ein Mann Euretwegen umgebracht?«

Umaes Gesichtsausdruck veränderte sich nicht, doch Seikei war, als hätten sich ihre Augen in Eis verwandelt. »Wer hat dir das erzählt?«

»Das spielt keine Rolle. Ist es wahr?«

Umae starrte ihn weiter an. »Es gibt Männer, die denken, sie könnten eine Geisha kaufen. Und in der Tat gibt es Geishas, die sich kaufen lassen. Als Frau hat man in dieser Welt höchst selten eine Wahl. Eine Frau muss ihrem Vater gehorchen und tun, was er ihr vorschreibt. Wenn er sie verkauft, muss sie das Leben annehmen, das er für sie vorgesehen hat. Wenn er ihr einen Ehemann aussucht, muss sie ihn selbstverständlich heiraten. Und ab der Hochzeit muss sie ihrem Mann gehorchen und ihm dienen, als würde sie ihn von Herzen lieben.«

Die Geisha beugte sich zu Seikei herüber. Er roch das zarte Parfum, das sie benutzte, und ihre Nähe jagte ihm Angst ein. »Wenn eine Geisha hart arbeitet, kann sie genug Geld sparen, um zurückzuzahlen, was ihr Vater für sie bekommen hat. Danach verdient sie nur noch für sich selbst. Manche würden sagen, dann ist sie frei.«

Damit lehnte sie sich wieder zurück und nippte an ihrem Tee, um sich zu beruhigen. Seikei fiel auf, dass ihre Hand leicht zitterte. »Und wenn man einmal frei ist«, fuhr sie fort, »wieso sollte man sich dann ein zweites Mal verkaufen?« Sie sah Seikei an und wartete auf eine Antwort.

»Hat jemand versucht, Euch ein zweites Mal zu kaufen?«, fragte er.

»Jede Nacht.« Umae lachte bitter. »Dagegen habe ich auch nichts. Aber es gab einen Mann, der mich ganz für sich allein haben wollte. Ich könnte Yoshiwara den Rücken kehren, sagte er. Er würde mir ein riesiges Haus in Edo kaufen, mit Dienerinnen und allem. Ich könnte leben wie eine Daimyo-Frau.«

»Er wollte Euch heiraten?«

»Wie ich sehe, verstehst du immer noch nicht«, sagte Umae mit einem traurigen Lächeln. »Nein, unglücklicherweise hatte er bereits eine Frau. Er wollte keine Ehefrau, sondern ein kleines Spielzeug, mit dem er sich nach Belieben die Zeit vertreiben konnte.«

»Also habt Ihr abgelehnt.«

»Ja. Er aber dachte, er könnte mich mit Geschenken umstimmen.« Umae wandte den Blick von Seikei ab und versank in ihren Erinnerungen. »Die Geschenke wurden immer teurer, immer zahlreicher. Ich nahm sie natürlich an, denn als Geisha lebe ich von der Großzügigkeit der Männer. Aber gleichgültig, wie viel er ausgab, jedes Geschenk bewies nur, was für ein geschmackloser Mann er war. Ganz anders als sein Bruder.«

Seikei zuckte heftig zusammen. »Sein Bruder? Wer ist sein Bruder?«

»Genda.«

Genda! Seikei überlegte fieberhaft, was das bedeutete. Jetzt wusste er, wer der bärtige Samurai ... aber nein, das konnte nicht Genda gewesen sein. Genda war zur gleichen Zeit im Teehaus gewesen wie der Samurai, der sich selbst ›Rache‹ nannte.

»War Fukushu dann Gendas Bruder?«, fragte er.

Umae runzelte die Stirn. »Nein, natürlich nicht. Du hast es doch selbst gesagt – Gendas Bruder hat sich das Leben genommen. Manche Leute sagen, er habe es meinetwegen getan, aber ...« Sie verstummte.

In Seikeis Kopf rasten die Gedanken durcheinander. »Aber warum kommt Genda dann ...« Er konnte die Frage nicht zu Ende führen.

Umae verstand ihn auch so. »Er kommt immer zu meinen Abenden, weil er mich ebenfalls liebt.«

Seikei starrte sie an. So jemanden wie Umae hatte er noch nie getroffen – so herzlos, so berechnend. Auch sie war auf ihre Weise ein Dämon.

Dann dachte er daran, was Richter Ooka jetzt wohl zu ihm sagen würde: »Nun kennen wir das Warum. Und das Wer wird immer klarer.«

»Ich muss weg«, sagte Seikei.

»Hat dir geholfen, was ich erzählt habe?«, fragte Umae. »Kannst du jetzt Nui finden?«

Er zögerte. »Ich weiß es nicht. Aber ich weiß jetzt zumindest, wo ich suchen muss.«

Die Augen des Dämons

Seikei war schon einmal in Gendas Haus gewesen, um im Auftrag seines Adoptivvaters einige Papiere abzuliefern. Das weitläufige Anwesen war von einem Wall aus festgetretener Erde umgeben, der es vor neugierigen Blicken verbarg. Was schade war, wie Seikei fand, denn das Haus war wirklich äußerst beeindruckend. Es bestand aus zwei großen, zweigeschossigen Gebäuden, die durch einen halb so hohen Eingangsbereich verbunden waren.

Soweit Seikei sich erinnern konnte, war der eine Teil des Hauses Gendas geschäftlichen Dingen vorbehalten, den anderen Teil nutzte der Ometsuke in seiner Freizeit und zum Schlafen.

Seikei war überrascht, dass am Eingangstor keine Wache zu finden war. Mehr noch, als er eintrat, sah es nicht danach aus, als wäre überhaupt jemand anwesend. Wahrscheinlich hatte Genda geschäftlich im Palast des Shoguns zu tun und er war ganz umsonst hergekommen. Vielleicht hätte er doch lieber erst zum Richter gehen und ihm alles berichten sollen.

Aber das hätte das Eingeständnis seines Versagens bedeutet. Seine Nachlässigkeit hatte dazu geführt, dass Nui verschwunden war. Wenn er sie nun auf eigene Faust fände, wäre seine Schmach vielleicht etwas gemindert. Oder er könnte das Geheimnis um Nuis Verschwinden sogar so lösen, dass er sein Versagen gar nicht mehr erwähnen musste.

Er zog an der Kordel der Türglocke. Irgendwo im Haus klingelte es, doch danach war außer dem Zirpen der Zikaden in der heißen Sonne kein Laut mehr zu hören.

Seikei konnte es kaum glauben, dass das Haus verlassen war. Vielleicht war es ja nur Einbildung, aber er wurde das Gefühl nicht los, dass da drin jemand nur darauf wartete, dass er wieder verschwand. Er ging um das Gebäude herum und folgte einem Pfad aus flachen Steinen zwischen hohen, anmutigen Zypressen hindurch.

Auf einmal endete der Weg und gab den Blick frei auf eine idyllische Landszenerie. Auf einem spiegelglatten See zog eine Entenfamilie ihre Kreise. Seerosen, manche schon mit geöffneten rosa Blüten, wuchsen dicht an dicht im flachen Wasser. Violette und gelbe Schwertlilien blühten entlang der Uferkante.

Große Steine säumten den See – sie waren mit Bedacht so ausgelegt worden, dass es möglichst natürlich aussah. Zwischen den Felsen erkannte Seikei eine sitzende Statue aus Stein. Er trat näher – und erschrak, als sie plötzlich den Kopf in seine Richtung bewegte. Es war eine Frau mit einem grauen Kimono, die mit dem Rücken zu Seikei saß. Sie wirkte so friedlich, dass Seikei es kaum wagte, sie zu stören. Er machte ein paar Schritte, dann blieb er wieder stehen. Schließlich erhob sich die Frau und drehte sich zu ihm um. »Ich hatte nicht mit Besuch gerechnet«, sagte sie.

Die Frau war mittleren Alters. Eine pechschwarze Perücke gab ihrem Gesicht eine scharfe Kontur, was zu ihren schlaff herabhängenden Wangen und dem Doppelkinn in seltsamem Kontrast stand. Sie senkte den Blick, als wäre sie eine Dienerin.

»Ich bin Seikei, Sohn des Samurai Richter Ooka Tadesuke«, sagte Seikei förmlich in der Hoffnung, sie zu beeindrucken.

Die Frau verbeugte sich. »Mein Name ist Suzu«, sagte sie sanft. »Ich bin überrascht, dich hier zu sehen. Ich habe dich nämlich schon einmal gesehen, in Yoshiwara. Und da wirktest du nicht wie der Sohn eines Samurai.«

Seikei war beschämt. Er konnte sich nicht erinnern, die Frau jemals gesehen zu haben, und er war unsicher, ob er ihr erklären sollte, was er in Yoshiwara getan hatte. »Tut mir leid, dass ich Euch so mit meinem Besuch überfalle«, sagte er. »Aber ich habe eine eilige Nachricht für Ometsuke Genda.«

»Von Richter Ooka?«

Seikei zögerte. »In gewisser Weise, ja«, sagte er. Und ärgerte sich im nächsten Augenblick über seine eigene Unsicherheit. Die Frau musste ihn ja für einen absoluten Idioten halten.

»Ometsuke Genda ist nicht zu Hause«, sagte sie. »Soll ich ihm die Nachricht übermitteln?«

»Nein, sie … sie erfordert eine Antwort. Eine sofortige Antwort.«

»In dem Fall wirst du warten müssen. Ich gehe davon aus, dass O-Genda bald zurückkommt. Möchtest du solange einen Tee haben?«

Erleichtert nahm Seikei das Angebot an. Doch nachdem die Frau im Haus verschwunden war, begann er sich Sorgen zu machen. Vielleicht war es doch unklug gewesen, hierherzukommen, ohne dem Richter zuvor Bescheid zu geben. Natürlich wollte er Nui finden. Aber hier sah alles so ruhig und friedvoll aus. Nui musste woanders sein und dorthin hätte Seikei gehen sollen.

Was sollte er überhaupt zu Genda sagen? Was würde der Mann antworten, wenn Seikei sagte: »Ich weiß, dass Euer Bruder sich wegen Umae das Leben genommen hat – daher wisst Ihr bestimmt auch, wohin Nui verschwunden ist«? Lächerlich. Seikei konnte von Glück reden, wenn Genda ihn nur auslachte, statt sich ernsthaft beleidigt zu fühlen. Auf jeden Fall würde Seikei damit den Richter in Verruf bringen und seine eigene Schande nur noch vergrößern.

Suzu kam mit einem Tablett wieder, auf dem ein Teekessel und zwei Schalen standen. Vielleicht konnte er von ihr ja wenigstens einige Informationen bekommen. Seikei wartete geduldig, bis sie eingegossen hatte, dann nahm er seine Schale, bedankte sich und nippte am Tee.

Er schmeckte ungewöhnlich. Als Sohn eines Teehändlers hatte Seikei Sorten aus allen Teilen der Welt kennengelernt. Aber diesen hier kannte er nicht. Verwundert nahm er einen zweiten, größeren Schluck und rollte ihn am Gaumen hin und her.

»Ich kenne diesen Tee nicht«, sagte er. »Schmeckt sehr gut.«

»Eine meiner eigenen Mischungen«, sagte die Frau. »Er enthält süße Kräuter. Sie haben eine entspannende Wirkung.«

Das stimmte. Seikei genoss das angenehme Gefühl der Schwere, das seinen Körper durchströmte. Es war, als würde er zum ersten Mal seit vielen Tagen wieder zur Ruhe kommen.

Dann besann er sich. Ruhe war nicht das, wofür er hergekommen war. Er musste aufstehen und in Bewegung bleiben.

Doch als er sich zu erheben versuchte, geschah etwas Merkwürdiges. Das Haus schien zur Seite zu kippen und Seikei verharrte verdutzt. Dann merkte er, dass nicht das Haus, sondern er selbst umgefallen war. Er lag auf dem Boden, neben ihm der verschüttete Tee.

Der Tee. Zu spät erkannte Seikei, wie entspannend der Tee wirklich war. So entspannend, dass er sich nicht mehr bewegen konnte.

Das Gesicht der Frau tauchte vor ihm auf. Sie sah ihm nun direkt in die Augen. Er verstand diesen Blick und Angst ergriff ihn. Brennender Hass strahlte ihm entgegen, der gleiche Hass, den er schon in den Augen des bärtigen Samurai gesehen hatte.

»Ich hatte schon befürchtet, du würdest mich erkennen«, sagte die Frau. »Aber mit mir hattest du hier nicht gerechnet, nicht wahr?« Sie nahm die Perücke ab – darunter kam der Haarschnitt eines Samurai zum Vorschein.

Sie war es also, der Samurai, der sich Fukushu nannte. Aber das war doch unmöglich!

Die Frau legte sich einen Finger unter die Nase und wackelte damit. »Oh ja«, sagte sie verächtlich. »Wenn eine Frau sich falsche Augenbrauen aufmalen kann, dann kann sie sich auch einen Bart ankleben.«

Sie packte Seikei beim Kragen und zerrte ihn auf die Beine. »Wirklich eine Schande, dass du mich gefunden hast«, sagte sie. »Du hast mich in meiner Meditation gestört. Ich saß hier tief versunken und machte mich bereit, das Haus meines Schwagers anzuzünden.«

Langsam schleifte sie Seikei über die Steinplatten. Er konnte zwar alles sehen und hören, doch sosehr er sich auch anstrengte, seine Arme und Beine gehorchten ihm einfach nicht.

»Genda hätte das Haus ohnehin verloren«, fuhr Suzu fort. »Und zwar wegen seines Strebens nach dem Dämon Umae. Er ist genauso ein Narr wie sein Bruder, mein Mann.« Sie blieb stehen und sah auf Seikei herab. »Hast du das mit meinem Mann schon herausgefunden? Vielleicht bist du ja deswegen hier. Aber du weißt nichts von der Schmach, von der Schande, die sein Selbstmord über mich und meine Kinder gebracht hat. Wenn er auch nur einen Rest Ehre im Leib gehabt hätte, hätte er uns alle ebenfalls umgebracht.«

Sie starrte auf den See hinaus. »Diese Geisha ist schuld an allem. Sie hat meinen Mann verhext und nun hat sie dasselbe mit Genda gemacht. Hast du die Teeschale gesehen? Die, die sie im Tempel von Kannon geopfert hat? Das war *mein* Geschenk.«

Suzus Augen sprühten Funken. »Ich hatte sie selbst ausgesucht – mein Mann hatte sie für *mich* gekauft. Sie war das Einzige, was mir von ihm geblieben war. Genda hat sie mir weggenommen – um den Schrecken wieder gutzumachen, den ich Umae mit dem Kimono eingejagt hatte. Er hat mich bestraft, indem er mir die Schale wegnahm, die mir so lieb und teuer war – und das wusste er. Er kann so etwas tun, denn ich bin gezwungen, in seinem Haus zu leben. Ich bin auf seine Almosen angewiesen, muss seinen Befehlen gehorchen wie eine Dienerin. So ist das Schicksal von uns Frauen.«

Sie schüttelte den Kopf. »Ich glaube, ich werde von nun an ein Mann bleiben.«

Seikei dachte an Umae und hätte Suzu gern gesagt, dass ihre Gedanken sich doch ziemlich ähnelten, aber er brachte keinen Ton heraus.

Wieder hob Suzu ihn beim Kragen hoch. »Aber zunächst muss ich dich loswerden und eine Spur legen, die alle davon überzeugen wird, dass Umae Schuld an allem hat – auch an den Bränden.«

Sie zerrte Seikei die Stufen zum Hintereingang des Hauses hoch. Seikei versuchte verzweifelt, seine Stimme wiederzufinden, um mit der Frau zu reden, doch außer einem Gurgeln entrang sich nichts seiner Kehle. Suzu verstand ihn dennoch.

»Ja, ich weiß, du bist der Sohn des mächtigen Richters Ooka«, sagte sie. »Sein Adoptivsohn, habe ich gehört. Genda hat mir erzählt, wer du bist. Der berühmte Richter wird sicher betrübt sein zu hören, dass Umae dich und ihre Kleine Schwester hierher gebracht hat, in das Haus ihres reichen und mächtigen Gönners. Richter Ooka wird nämlich eure Leichen finden und seine Schlüsse ziehen – dass Umae in ihrer Eifersucht und ihrem Wahnsinn das Haus in Brand gesteckt hat.«

Nein, dachte Seikei, der Richter wird sich nicht hinters Licht führen lassen. Er wird dich finden und bestrafen.

Die Müdigkeit, die der Tee ausgelöst hatte, überkam ihn immer stärker. Er hatte den Fall gelöst und der Richter würde das erkennen. Er hatte seine Pflicht erfüllt. Es machte ihm nichts aus, dass er nun sterben musste. So empfindet wohl ein echter Samurai, dachte er, wenn er einem Feind im tödlichen Kampf gegenübersteht. Er schloss die Augen.

Im Feuer

Seikei erwachte in einem Zimmer, das er nicht kannte. An den Wänden hingen Gemälde von Schlachten und Samurai in Kampfrüstungen.

In einer Ecke stand ein Schrein zu Ehren von Hachiman, dem Kriegs-Kami. Sein grimmiges Gesicht funkelte auf Seikei herab, als wolle es ihn an seine Pflicht gemahnen.

Seikei versuchte aufzustehen. Zwar war das Gefühl in seine Arme und Beine zurückgekehrt, doch leider war er nun mit kräftigen Stricken gefesselt.

Er hörte ein Geräusch und rollte sich auf die Seite. Und da entdeckte er Nui, die ebenfalls gefesselt auf der anderen Seite des Raumes am Boden lag.

Sie blitzte ihn wütend an. Na wunderbar, für diesen Schlamassel bin ich jetzt wohl auch verantwortlich, dachte Seikei. Wenigstens hinderte ein Knebel sie am Schimpfen. Nur ein gedämpftes Knurren kam aus ihrer Kehle.

Seikei verstand dennoch, was sie sagen wollte: »Wir stecken in Schwierigkeiten. Tu etwas!«

Langsam kam die Erinnerung an Suzu zurück. »Wie lange bist du schon hier?«, fragte er Nui, doch sie konnte natürlich nicht antworten.

Seikeis Hände waren auf seinem Rücken zusammengebunden. Er zerrte an den Stricken, so fest er konnte, aber vergebens. Nach mehreren Versuchen schaffte er es immerhin, sich aufzurichten, sodass er die Fesseln an seinen Füßen sehen konnte. Der Knoten saß fest, er würde ihn unmöglich abstreifen können.

Die Luft roch plötzlich merkwürdig. Und starr vor Schreck erkannte Seikei, was er da witterte: Rauch.

Auch Nui riss im selben Moment entsetzt die Augen auf. »Umm mmmmnm!«, grummelte sie und schlug zur Bekräftigung mit dem Kopf auf den Boden.

Kein Zweifel – Suzu hatte ihren Plan, das Haus in Brand zu stecken, in die Tat umgesetzt. Seikei sah sich hektisch um und sein Blick fiel auf einen hölzernen Block vor dem Schrein. Darauf ruhte ein Katana, das längere der beiden Samuraischwerter. Es steckte in einer üppig verzierten Hülle, und Seikei war sich sicher, dass es als Opfergabe in ausgezeichnetem Zustand war.

Was bedeutete, dass es scharf genug war, um einen Mann mit einem einzigen Hieb in zwei Hälften zu spalten. Oder um Seikeis Fesseln durchzuschneiden – vorausgesetzt, er schaffte es, das Schwert aus der Scheide zu ziehen.

Er rückte zum Holzblock hin, verlor aber das Gleichgewicht und fiel wieder auf die Seite. Nui tat ihr

Bestes, um durch den Knebel hindurch um Hilfe zu schreien, doch Seikei war sicher, dass außer Suzu niemand im Haus war. Bestimmt hatte Suzu die Diener weggeschickt, damit niemand das Feuer bemerken und löschen konnte.

Seikei versuchte es weiter – und stellte fest, dass er leichter vorankam, wenn er sich über den Boden wälzte.

Nui verstummte kurz und starrte ihn an. Offenbar dachte sie, Seikei hätte die Tür angepeilt. Die würde er allerdings unmöglich aufmachen können.

Endlich prallte er gegen den dunklen Holzblock. Er war schwerer als gedacht. Seikei drehte sich, hob die Beine und trat dagegen. Der Klotz wackelte leicht. Seikei nahm alle Kraft zusammen, stemmte den Rücken gegen den Boden und trat noch einmal mit aller Wucht zu. Diesmal kippte der Block mit einem donnernden Krachen um.

Seikei konnte nur hoffen, dass Suzu zu beschäftigt war, um den Lärm zu hören. Er rollte sich zu dem Katana, doch zu seiner Enttäuschung steckte es immer noch in der Scheide. Mit dem Rücken zum Schwert versuchte er, den Knauf der Waffe zu greifen. Seine Finger waren immer noch ganz taub vom Tee und von den Fesseln, doch schließlich gelang es ihm, das Schwert aus der Scheide zu ziehen. Plötzlich spürte er, wie ihm die Klinge in die Finger schnitt.

Nui, die mittlerweile begriffen hatte, was er vorhatte, schrie auf – zur Warnung oder vor Schreck. Das

Schwert war so scharf, dass der Schnitt Seikei kaum schmerzte, doch er fühlte, wie ihm warmes Blut in die Handfläche sickerte.

Er hustete und beinahe wäre ihm der Griff entglitten. Der Rauch war dichter geworden und drang mittlerweile durch alle Ritzen ins Zimmer. Seikei spürte die Luft wärmer werden und hörte das Prasseln der Flammen. So schnell er nur konnte, lehnte er sich zurück und versuchte, seine Fesseln gegen die Schwertklinge zu drücken.

Was ihm wieder einen Schnitt einbrachte, diesmal am Ballen seines rechten Daumens. Egal. Er rutschte ein Stück zur Seite. Als Seikei sich diesmal zurücklehnte, spürte er den Druck der Klinge, aber nicht an seiner Hand, und im nächsten Augenblick lockerte sich der Strick. Erleichtert wand er die Hände aus den Fesseln – er war frei!

Beim Anblick seiner Hände wurde ihm regelrecht übel. Es erinnerte ihn daran, wie er zum ersten Mal beim Köpfen eines Huhns zugesehen hatte. Benommen steckte er den Kopf zwischen die Knie, versuchte, sich seine Samurai-Pflichten ins Gedächtnis zu rufen, und schloss die Augen. Ich darf jetzt nicht das Bewusstsein verlieren, redete er sich gut zu.

Doch davon hielt ihn Nuis quengelnde Knebelstimme ab. Seikei griff nach dem Schwert und schnitt seine Fußfesseln durch. Dann stand er vorsichtig auf, unsicher, ob er würde gehen können. Aber schon wenige Augenblicke später hatte er Nui befreit. Sobald er den Knebel entfernt hatte, schrie sie ihn auch schon an: »Pass doch auf, dass du mir nicht den Kimono mit deinem Blut besudelst! Es ist mein bester Kimono!«

»Wir müssen hier raus«, drängte Seikei. »Das Haus brennt.«

»Das war diese Frau«, sagte Nui. »Sie hat mich hierher gelockt mit dem Versprechen, hier würde ich jemanden kennenlernen, der mein Gönner werden wollte. Und dann hat sie mich einen Tee trinken lassen, von dem ich ganz schläfrig wurde ...«

»Ich weiß«, erwiderte Seikei. »Beeil dich.«

Hastig schob er die Tür auf und Rauch strömte herein. Beide fingen an zu husten. Seikei duckte sich und huschte auf den Flur. Eine Treppe führte nach unten, sie mussten also im Obergeschoss sein. Er griff nach Nuis Hand und zerrte sie zum Treppenabsatz, doch eine sengende Hitzewelle drängte sie wieder zurück.

»So kommen wir nicht nach unten!«, rief Seikei. »Das Feuer muss direkt unter uns sein.«

»Aber wir können nirgendwo anders hin!«, schrie Nui.

»Schau dich nach einem Fenster um!« In dem Zimmer, in das die Frau sie eingesperrt hatte, war keins gewesen. Tief geduckt, um besser atmen zu können, tasteten sie sich den Flur entlang. Sie schoben eine andere Tür auf und sahen an der gegenüberliegenden Wand Tageslicht schimmern.

Keuchend rannten sie zum Fenster und schauten hinaus. Genau unter ihnen war der Eingangsbereich des Hauses, das Verbindungsglied zwischen den beiden Gebäuden. Doch sie konnten nicht hinunterspringen, denn auch hier loderten die Flammen.

Seikei überlegte fieberhaft. »Wir müssen aufs Dach klettern. Von dort aus suchen wir nach einem Weg, der uns wieder hinunterführt.«

»Ich will nicht«, entgegnete Nui trotzig.

Seikei starrte sie an. »Entweder du kommst mit, oder du bleibst hier und wirst bei lebendigem Leibe geröstet.«

Das Mädchen sah zögernd zum Fenster. »Du zuerst«, sagte sie schließlich.

Seikei kletterte auf den Fensterrahmen und konnte von dort aus leicht nach der überhängenden Dachkante greifen. Er ignorierte den Schmerz in seinen Händen und zog sich hoch.

Bäuchlings auf den Ziegeln liegend, streckte er die Hände wieder durchs Fenster hinein. Nui starrte auf seine blutigen Handflächen, dann machte sie die Augen zu und griff nach ihnen. Seikei umschloss sie mit festem Griff und zog sie nach oben. Sie war nicht so schwer, wie er befürchtet hatte. Als er sie über die Kante zog, baumelten ihre Beine über den emporzüngelnden Flammen. Unglücklicherweise wählte Nui genau diesen Moment, um die Augen aufzumachen und hinunterzuschauen. Entsetzt schrie sie auf.

Ein zweiter Schrei, der lauter und wütender klang, antwortete ihr vom gegenüberliegenden Flügel des Hauses. Seikei sah hinüber – und erblickte Suzus Gesicht an einem Fenster. Er war froh, dass sie sich nicht in Suzus Reichweite befanden, denn die war sichtlich außer sich vor Zorn, weil sie sich um diesen Teil ihrer Rache betrogen fühlte.

Suzu ist jetzt nebensächlich, mahnte er sich. Jetzt müssen wir vor allem eine Stelle finden, von der aus wir sicher nach unten gelangen können.

Er musste seine ganze Überredungskunst aufbringen, um Nui zu bewegen. »Schau nicht nach unten«, schärfte er ihr ein. »Stell dir einfach vor, du würdest am Boden gehen – auf einem Boden, der mit Ziegeln ausgelegt ist.« Doch sie weigerte sich, auch nur aufzustehen. Schließlich musste er mit ihr auf allen vieren zum Dachfirst kriechen.

Seikei versuchte, seine Angst zu verdrängen, dass das Haus jederzeit einstürzen konnte. Er kniff die Augen zusammen und blinzelte durch die Rauchschwaden hindurch. Gab es da unten irgendwo eine Lücke, durch die sie entkommen konnten?

Plötzlich war Hufgetrappel zu hören. Seikei wandte sich zur Straße hin und sah mehrere Reiter. Einer von ihnen war von so mächtigem Wuchs, dass es keinen Zweifel geben konnte, um wen es sich da handelte – Seikeis Adoptivvater, Richter Ooka. An seiner Seite eilten der getreue Bunzo und Fürst Iwakuri heran.

Seikei presste die Beine zu beiden Seiten des Dachfirstes an die Ziegel und streckte seinen Oberkörper so weit wie möglich. »Richter Ooka!«, brüllte er. »Bunzo! Hier oben!«

Sofort sahen die Samurai in seine Richtung und winkten. Dann trieben sie ihre Pferde noch mehr an und stürmten durch das Tor auf Gendas Anwesen.

Beruhigt wandte sich Seikei an Nui, die sich hinter ihm mit aller Kraft an den First klammerte. »Jetzt wird alles gut«, sagte er.

»Niemand kann uns retten«, jammerte sie.

Seikei machte den Mund auf, um ihr zu erklären, dass Richter Ooka und Bunzo jede Herausforderung meistern würden, doch sie kam ihm mit einem durchdringenden Schrei zuvor.

»Du brauchst keine ...«, sagte Seikei noch, doch dann drehte er sich um, um zu sehen, worauf sie zeigte.

Und da war Suzu – nicht mehr am Fenster, sondern auf dem Dach. Scheinbar mühelos schritt sie über die heißen Ziegel und kam immer näher. Und mit kaltem Grausen sah Seikei ein blitzendes Katana-Schwert in ihrer Hand. Sie freute sich offenbar sehr darauf, es einzusetzen.

Seikei griff nach seinem eigenen Schwert. Das war zwar nur aus Holz, aber ein echter Kampfmeister würde sich damit dennoch gut gegen einen klingenbewährten Feind verteidigen können. Dies rief sich Seikei halbherzig in Erinnerung – und versuchte gleichzeitig, den Gedanken zu verdrängen, dass er keineswegs ein echter Kampfmeister war.

Er musste sich konzentrieren, doch von unten drangen Schreie an sein Ohr. Bunzo bedeutete ihm, zu einem anderen Teil des Daches hinüberzuwechseln. Offenbar gab es dort eine Möglichkeit, nach unten zu klettern.

Seikei packte Nui beim Arm und schob sie voran. Sie stemmte sich gegen ihn. »Beweg dich, sonst schmeiß ich dich eigenhändig vom Dach«, zischte er ihr zwischen zusammengebissenen Zähnen zu.

Verdattert starrte Nui ihn an. Aber dann setzte sie sich tatsächlich in Bewegung. Seikei ging dicht neben ihr, wobei er sich immer wieder umsah. Suzu hatte sie beinahe eingeholt. Schließlich ließ er Nui los und wirbelte herum. Er würde sich dem Dämon stellen müssen, damit das Mädchen entkommen konnte.

In breitbeiniger Verteidigungsstellung balancierte er auf dem Dach. Suzu kam von einem höher gelegenen Teil des Daches, also musste er sich wohl auf einen Abwärtshieb gefasst machen.

Hinter ihm rief Bunzo Nui zu, dass sie springen sollte. Seikei wandte sich nicht um. Er sperrte alle Geräusche aus seinem Bewusstsein aus und konzentrierte sich nur noch auf Suzus Augen, die Angst einflößend auf ihn herabfunkelten. Seikei zwang sich, keine Furcht zu haben …

Genau wie erwartet holte Suzu aus und schlug mit dem Schwert in einer Abwärtsbewegung nach ihm. Das Holzschwert mit beiden Händen hochreckend, parierte Seikei. Dann drehte er sich flink zur Rechten und entging dem Seitenhieb, der üblicherweise einem misslungenen Abwärtsschlag folgte. Nie war er Bunzo dankbarer für seine Lektionen gewesen als in diesem Moment.

Jetzt standen sie sich auf gleicher Höhe gegenüber – der Junge und der Dämon. Den einen Fuß notgedrungen tiefer auf dem Dach, verfügten sie beide nicht gerade über das beste Gleichgewicht. Seikei entschied sich gegen einen Angriffsschlag und sammelte sich, um den nächsten Schwerthieb abzublocken.

Plötzlich spürte er, wie etwas nach seinem Fußknöchel griff. Er konnte es sich nicht leisten, nach unten zu sehen, doch er wusste, dass das nur Nui sein konnte. Verzweifelt versuchte er, sie abzuschütteln. »Lass los!«, schrie er, ohne den Blick von Suzu abzuwenden.

Ein neuer Ausdruck hatte sich in die Augen des Dämons geschlichen. Statt brennendem Hass war da jetzt so etwas wie Vorfreude zu sehen. Offensichtlich hatte Suzu eine Lücke in Seikeis Verteidigung entdeckt. Sie drehte sich leicht und er begriff sofort. Der nächste Hieb war Nui zugedacht, die hilflos auf dem Dach kauerte und sich trotz Bunzos Ermunterung nicht traute herunterzuspringen. Wenn Seikei zuließ, dass Suzu Nui tötete, hatte er gute Chancen, ihr im gleichen Moment einen entscheidenden Schlag zu versetzen.

Doch das durfte er nicht tun. Suzu hob triumphierend das Schwert. Seikei stieß sein Holzschwert zwischen sie und Nui, in der Hoffnung, den Schlag zu parieren.

In diesem Augenblick durchschnitt ein surrender Laut die Luft, gefolgt von einem scheußlichen splitternden Geräusch. Seikei verstand erst, was geschehen war, als Suzu aufschrie. Er sah nach oben – ein Pfeil hatte ihre erhobenen Arme an den Handgelenken durchbohrt und hielt sie wie Fesseln zusammen.

Suzus Schwert fiel herab und polterte vom Dach zu Boden. Zornig und erstaunt zugleich machte die Frau einen Schritt nach hinten, rutschte aus und fiel mit einem Schrei über die Dachkante.

Wie benommen sah Seikei nach unten. Richter Ooka stand da und beobachtete stumm, wie Bunzo und der andere Samurai zu der Stelle eilten, an der der leblose Körper lag.

Der Richter hielt einen Bogen in der Hand. Seikei fiel seine letzte Lehrstunde bei Bunzo ein, als der Samurai bestritten hatte, dass er im Kyudo, in der Kunst des Bogenschießens, ein Meister sei. Eines Tages, hatte er zu Seikei gesagt, würde er einen echten Meister sehen und den Unterschied klar erkennen.

Und nun war dieser Tag gekommen.

»Willst du mir nicht helfen?«, fragte Nui.

Anschauungsunterricht

Richter Ooka und der Shogun führten ihre Fähigkeiten im Umgang mit Pfeil und Bogen auf dem Übungsplatz vor dem Palast des Shoguns vor. Seikei war eingeladen worden zuzusehen, musste *seine* Fertigkeiten aber glücklicherweise, dank seiner verbundenen Hände, nicht unter Beweis stellen.

Seikei erkannte schon nach kurzer Zeit, dass der Richter nicht sein ganzes Können ausspielte. Seine Pfeile trafen das Ziel immer einen Hauch ungenauer als die Pfeile des Shoguns. Das allein, dachte Seikei, beweist schon, welch ein meisterlicher Bogenschütze er ist.

Dem Shogun entging dies ebenso wenig. »Es ist eine Schande!«, schimpfte er und schüttelte ärgerlich den Kopf. »Gleichgültig, wie nahe ich der Mitte komme – Euer Pfeil ist auch immer da, nur um Haaresbreite weiter weg als meiner.«

»Ich folge nur Eurer Führung«, sagte der Richter. »Und meine Fähigkeiten sind offenbar um genau diese Haaresbreite schlechter als die Euren.«

Der Shogun lächelte. Seikei hatte Leute in Osaka und Edo schon sagen hören, der Shogun würde niemals lächeln. Doch sie hatten ihn wohl noch nie in Gesellschaft seines Freundes und Beraters Richter Ooka erlebt.

»Lasst uns ausruhen«, sagte ihr Gastgeber nun. »Ich bin es leid, gedemütigt zu werden.«

Der Richter verbeugte sich. »Ich werde versuchen, nächstes Mal besser zu sein.«

Sie setzten sich auf eine kleine Steinterrasse, die einen besonders schönen Teil des Palastgeländes überblickte. »Mir war heute nicht nach einer formellen Teezeremonie«, sagte der Shogun. »Meine knappe Zeit erlaubt dies leider nicht. Aber ich würde dennoch gern hören, wie Ihr diesen Fall gelöst habt.« Er sah Seikei an. »Und wieder war Euer Sohn Euch behilflich. Bestimmt bringt Ihr ihn absichtlich in Gefahr, um mich mit seinem Mut zu beeindrucken.«

»Ich habe ihn nur zu einem Teehaus geschickt«, erwiderte der Richter. »Er selbst hat sich in die missliche Lage manövriert – genauer gesagt, auf das Dach eines brennenden Hauses.«

Seikei verspürte tausend feine Stiche in den Händen. Und in den Füßen auch, die er sich auf den heißen Dachziegeln verbrannt hatte. Hoffentlich würde Richter Ooka nicht erzählen, dass er im Grunde nur auf dem Dach gelandet war, weil er verschlafen hatte.

Dienerinnen brachten Tee und einige der Kuchen, die der Richter besonders gern aß. Der Shogun wartete, bis alles serviert worden war, dann fragte er weiter: »Das brennende Dach ... Gendas Haus wurde also zerstört. Glaubt Ihr, er braucht noch eine zusätzliche Strafe?«

Richter Ooka tat so, als denke er ernsthaft darüber nach. Er hatte Seikei bereits erzählt, dass Genda schon häufig Gerüchte im Palast des Shoguns gestreut hatte, um die Laufbahn anderer zu zerstören – einschließlich der von Richter Ooka. »Aber trotzdem ...«, hatte der Richter erklärt. »Wenn ich seine derzeitige Notlage ausnutzen würde, um seinen Ruf zu ruinieren, würde ich damit Schande über mich selbst bringen und meiner Vertrauensposition unwürdig werden.«

Also erzählte er dem Shogun die Wahrheit. »Genda wusste nichts von dem verbrecherischen Tun seiner Schwägerin. Sie hat sich mittlerweile von den Folgen ihres Sturzes erholt und dies auch ausgesagt. Genda hat sie nur einmal – Seikei war da auch zugegen – in der Verkleidung eines männlichen Samurai gesehen. Er hat ihre wahre Identität zwar nicht offenbart, aber sie später zur Rede gestellt. Sie sagte ihm, sie habe sich nur verkleidet, um zu sehen, wie die Geisha Umae aussehe. Genda hatte keine Ahnung, was sie sonst noch so trieb.«

»Ich finde es merkwürdig«, sagte der Shogun, »dass diese Frau so vielen Leuten Leid zugefügt hat, ohne ihrem eigentlichen Opfer wirklich zu schaden. Wenn sie schon bereit war zu töten – warum tötete sie dann nicht direkt Umae und fertig?«

Der Richter nahm sich noch einen Kuchen und lehnte sich zurück. Tief in Gedanken richtete er seinen Blick auf das verlockende Naschwerk. »Ihre Vorgehensweise ist in der Tat merkwürdig«, sagte er, »aber auch nachvollziehbar. Ihr Ehemann hatte sein ganzes Hab und Gut verschleudert, nur um Umae zu beeindrucken. Als er schließlich bettelarm war, beging er Sepukku – er wählte den Ehrentod eines Samurai, obwohl er längst seine Ehre verloren hatte.«

Munter setzte Richter Ooka zum Angriff auf den feinen Kuchen an. »Suzus Mann hat zwar Selbstmord begangen«, fuhr er fort, »hatte aber nicht den Mut, auch seine Frau und seine Kinder zu töten. Stattdessen überließ er sie ihrem Schicksal in Armut und Schande. Genda nahm sie bei sich auf, verbarg aber keineswegs seine Verachtung für seine Schwägerin.«

In beeindruckender Geschwindigkeit schwand das Gebäck dahin. Der Richter schluckte die letzten Krümel herunter, wischte sich die Hände ab und sagte: »Also wollte Suzu, dass Umae die gleiche Schande verspürte, die sie selbst empfand. Der Tod wäre für sie zu gut gewesen. Vielmehr sollte der Eindruck entstehen, als laste ein Fluch auf Umae, unter dem jeder zu leiden hatte, der ihr zu nahe kam. Auf diese Weise würde die Geisha über kurz oder lang aus dem einzigen Leben ausgestoßen werden, das sie kannte – genau so, wie es Suzu ergangen war.«

»Aber warum dann die Brände?«, fragte der Shogun erwartungsvoll. Er lieferte nun auch die restlichen

Kuchen ihrem Schicksal aus, indem er das Tablett dem Richter hinschob. »Warum musste sie unbedingt halb Edo in Schutt und Asche legen?«

»Auch das sollte ein schlechtes Licht auf Umae werfen«, antwortete der Richter und betrachtete die Kuchenauswahl. »Die Seidenmacherin, die uns als Erste auf die richtige Spur brachte, hat Suzu mittlerweile gesehen und bestätigt, dass sie es gewesen war, die den Laden angezündet hat. Und sie hat mir noch etwas erzählt, was sie mir bei der ersten Befragung verschwiegen hat. Die Seide für den Kimono stammte ursprünglich aus ihrem Geschäft.«

»Tatsächlich? Dann muss sie doch gewusst haben, dass er gestohlen worden war.«

»Nicht unbedingt«, wehrte der Richter ab. Er goss mit einer Hand Seikei Tee ein, während er sich mit der anderen noch ein Stück Kuchen vom Tablett nahm.

»Der Käufer der Seide«, fuhr Richter Ooka fort, »war Suzus Ehemann. Er ließ daraus ein Geschenk für Umae machen, die es später Akiko gab, dem Mädchen, das wegen dieses Kimonos sein Leben lassen musste. Als ich das erfuhr, erkannte ich sofort das Vorgehensmuster: Suzu hatte zuvor auch nur Geschäfte angezündet, in denen ihr Mann Geschenke für Umae gekauft hatte.«

Er führte den Kuchen mit dem Ausdruck inniger Zuneigung zum Mund. »Sie verfolgte damit zweierlei Absicht: Erstens wollte sie an denen Rache nehmen, die mit ihrem Mann Geschäfte gemacht und zu seinem Ruin beigetragen hatten. Zweitens hinterließ sie überall eine Spur, von der sie hoffte, dass sie zu Umae führen würde.«

»Aber keiner hat das Muster erkannt«, sagte der Shogun, »bevor Ihr eingeschritten seid. Ihr müsst von nun an dauerhaft in Edo bleiben.«

»Ehrlich gesagt«, erklärte der Richter, der seinen Vernichtungsfeldzug gegen den Kuchen offensichtlich abgeschlossen hatte, »hätte mich eine frühzeitige Entdeckung des Musters nur zu der falschen Person geführt. Erst die Beobachtungen, die mein Sohn machte, lieferten uns den Schlüssel zu diesem Geheimnis.«

Der Shogun sah Seikei an, der vor Stolz errötete, sich aber alle Mühe gab, aufmerksam, demütig und gehorsam zu wirken. »Du hättest dem Richter Bescheid geben sollen, bevor du dich auf eigene Faust auf die Spur des Verbrechers begibst«, sagte der Shogun streng.

Seikei wusste, dass er jetzt besser gar nichts sagte, und senkte in stummer Einsicht den Kopf.

»Genau genommen«, entgegnete der Richter, »hat er sich gar nicht auf die Spur des Verbrechers begeben, sondern nur meine Anweisungen befolgt, das Mädchen Nui im Auge zu behalten. Das hat ihn zum Ziel geführt – und ihn gleichzeitig in große Gefahr gebracht. Vielleicht hätte er Suzu auch allein überwältigt. Wie auch immer – ich bin froh, dass ich die mir noch fehlende Information von Fürst Iwakuri erhielt und Seikei rechtzeitig zu Hilfe eilen konnte.«

»Ja, davon habe ich schon gehört«, sagte der Shogun. »Fürst Iwakuri sagte, er habe in seinem ganzen Leben noch keinen so meisterlichen Pfeilschuss gesehen. Wirklich schade, dass Ihr nie so schießt, wenn Ihr mit mir Kyudo übt.« Er stellte das Tablett mit den Kuchen vor Seikei, der höflichkeitshalber einen nahm.

»Unterrichtet dich der Richter in der Kunst des Kyudo?«, fragte der Shogun.

Seikei sah Hilfe suchend zu seinem Adoptivvater hinüber.

»Seine Ausbildung liegt eher in Bunzos Händen«, sagte Richter Ooka, »der über Kyudo weit mehr weiß als ich.«

»Das bezweifle ich«, erwiderte der Shogun. Dann wandte er sich wieder Seikei zu. »Aber ich bin sicher, dass der Richter dir von Muga erzählt hat – von der Kunst, seinen Geist von allen Ablenkungen zu reinigen, bevor man den Pfeil abschießt.«

»Ja«, antwortete Seikei. »Damit habe ich noch große Schwierigkeiten.« Er sah auf seine Hände herab. »Aber als ich auf dem Dach gegen Suzu kämpfte ... Da habe ich begonnen zu verstehen. Ich habe meine Hände völlig vergessen und mich nur noch auf den Kampf konzentriert.«

»Gut, gut«, lobte der Shogun. »Ich werde dich ein andermal erneut einladen – bestimmt hast du bis dahin schon wieder einen Fall gelöst. Und dann kannst du *dein* Können vorführen. Aber ich finde, der Richter sollte dich persönlich in die Geheimnisse des Muga einführen. Kommt, Richter Ooka, wollt Ihr uns nicht erleuchten? Verratet uns doch, woran Ihr gedacht habt, als Ihr jenen bemerkenswerten Pfeil abgeschossen habt.«

Der Richter hielt inne. »Ich wusste, dass der Fall nun gelöst war und dass Ihr mich einladen würdet, um alles darüber zu erfahren«, sagte er dann zögerlich. »Also … habe ich daran gedacht, wie köstlich diese Kuchen schmecken würden.«

Nachwort der Autoren

Richter Ooka hat es wirklich gegeben – er war ein Freund und Berater des Shoguns Yoshimune, der Japan von 1717 bis 1744 regierte. Den größten Teil dieser Zeit war Richter Ooka als Stadt-Magistrat der Hauptstadt Edo tätig – ein Posten, der einem heutigen Bürgermeister nahekommt.

Für Edo war Feuer eine immerwährende Gefahr, und Richter Ooka entwickelte diverse Methoden, um seine Verbreitung zu verhindern. Er teilte die Stadt in siebenundvierzig Bezirke ein, die jeweils über eine eigene Feuerschutztruppe verfügten. In der ganzen Stadt wurden Wachtürme errichtet, von denen aus sofort Alarm gegeben werden konnte, sobald irgendwo ein Brand gesichtet wurde. Dann kamen die Feuerschutztruppen aus den benachbarten Bezirken hinzu und halfen den ortsansässigen Kräften.

Richter Ooka führte überdies feuerfeste Materialien im Hausbau ein – zum Beispiel ließ er die Dächer der Shogun-Stadt mit Ziegeln statt mit wie zuvor mit Holz oder Stroh decken.

Die erstaunliche Fähigkeit des Richters, Verbrechen mithilfe seines logischen Denkens und seines scharfen Verstandes aufzuklären, machte ihn zum wahren Volkshelden. Über diesen Mann, der von vielen der »Sherlock Holmes Japans« genannt wird, sind schon viele Geschichten geschrieben worden. Die vorliegende Geschichte allerdings entspringt einzig und allein der Fantasie der Autoren.

Ravensburger Bücher

Der Schüler des Samurai

Dorothy & Thomas Hoobler

Samurai Secrets
Der Rubin des Kriegers

Sie sind furchtlos, stolz und Meister der Schwertkunst – nichts wünscht sich der junge Japaner Seikei so sehr, wie zu den Samurai zu gehören. Als der Rubin des Fürsten gestohlen wird, ist seine Chance gekommen. Entschlossen folgt Seikei der Spur des Diebes ... und gerät in Lebensgefahr.

ISBN 978-3-473-58478-9

Dorothy & Thomas Hoobler

Samurai Secrets
Die Rache des Feuerdämons

Gewaltige Brände zerstören Edo, die Hauptstadt Japans. In der ausbrechenden Panik behält nur der Samurai-Lehrling Seikei einen kühlen Kopf. Er vermutet einen skrupellosen Brandstifter hinter den Anschlägen. Bei dem Versuch, ihm auf die Schliche zu kommen, riskiert er sein Leben ...

ISBN 978-3-473-58479-6

www.ravensburger.de

Ravensburger

LESEPROBE

»Samurai Secrets: Der Rubin des Kriegers«
von Dorothy & Thomas Hoobler
ISBN 978-3-473-58478-9

Seikei eilte zurück in sein Zimmer. Sein Vater schlief schon. Er zog seinen Kimono aus und legte sich auf die zweite Matte.

Aber er konnte nicht einschlafen. In der Herberge ging es noch laut zu und da die Zimmer nur durch Reispapierwände voneinander getrennt waren, konnte Seikei hören, wie sich Fürst Hakusekis Männer in anderen Zimmern auf dem Flur lautstark unterhielten. Sie tranken Reiswein und nahmen keinerlei Rücksicht auf den Schlaf der anderen Gäste.

Seikeis Vater schnarchte. Zumindest *sein* Schlummer wurde vom Lärm offenbar nicht beeinträchtigt. Seikei wusste, dass ihm am folgenden Tag wieder lange, unbehagliche Stunden im Kago bevorstanden. Er seufzte und versuchte, den Krach zu verdrängen.

Doch plötzlich ließen ihn laute Schreie aufspringen. Er lauschte. Die Stimme kam vom anderen Ende des Flurs, war aber deutlich vernehmbar. Sie gehörte Fürst Hakuseki persönlich. Der Daimyo wies gerade einen Diener des Hauses zurecht, weil er ihm den Wein nicht schnell genug gebracht hatte. Eine Ohrfeige erschallte, begleitet von einem erstickten Schrei. Dann folgten schwere Schritte und ein dumpfer Aufprall. Der Diener war offenbar auf den Holzboden des Flurs geschleudert worden. Das Gelächter der Samurai hallte durchs Haus.

Es war genau, wie Michiko gesagt hatte – dieser Daimyo hatte kein edles Gemüt. *Da wäre ich als Samurai ganz anders*, dachte Seikei und rief sich die drei Hauptwesenszüge der japanischen Krieger in Erinnerung – Treue, rechtschaffenes Verhalten und Tapferkeit. Rechtschaffenes Verhalten bedeutete, dass man sich immer so verhielt, dass man anderen als Leitbild und strahlendes Beispiel dienen konnte. Fürst Hakuseki mochte vielleicht sehr mächtig sein, aber den Unterschied zwischen richtig und falsch kannte er nicht.

Der Lärm hörte noch lange nicht auf, wurde mit der Zeit aber immer weniger. Irgendwann hörte Seikei die langsamen Schritte der Samurai, die über den Flur zum Abort im Hof und wieder zurückgingen. Dann lag die Herberge endlich ruhig da.

Doch auch jetzt fand Seikei keinen Schlaf, sondern wälzte sich unruhig von einer Seite auf die andere. Wieso hatte er dem Mädchen bloß erzählt, er würde Geistergeschichten mögen? Jetzt bekam er das Bild des Jikininki einfach nicht mehr aus dem Kopf. Das schwache Zwielicht aus dem Flur schimmerte durch die Reispapierwände ins Zimmer. Die Wände waren mit einem ausgefeilten Schnörkelmuster verziert, und jedes Mal, wenn Seikei darauf schaute, kam es ihm vor, als starre ihn ein riesiges Augenpaar an.

In der Ferne schlug eine Tempelglocke ein Mal – das Zeichen, dass die erste Stunde nach Mitternacht begonnen hatte. Die Stunde der Ratte.

Seikei schloss die Augen, lautes Atmen drang an seine Ohren. Er wusste, dass das die Herbergsgäste auf der anderen Seite der Wand sein mussten, doch für ihn klang es so, als lauere eine ganze Bande Jikininki nur darauf, dass er einschlief, um ihn dann in Stücke zu reißen.

Plötzlich erstarrte er. Da war wieder ein Geräusch gewesen. Auf dem Flur schleifte etwas über den Boden. Seikei riss die Augen auf und sah, wie die Bambustür zu seinem Zimmer aufgeschoben wurde, langsam, ganz, ganz langsam.

Seikei standen die Haare zu Berge. Entsetzt sah er zu, wie die Tür weit aufging. Und da stand etwas auf der Schwelle – etwas, das größer war als ein Mensch. Das Licht auf dem Flur war zu düster, als dass Seikei mehr als einen Schatten hätte erkennen können. Aber er sah, dass das Wesen einen riesigen Kopf hatte – und zwei monströse, lange Hörner.

Seikei richtete sich so blitzartig auf wie eine Marionette, die an ihren Fäden hochgerissen wurde. Er fuchtelte wild mit den Armen. *Ich bin nicht tot!*, wollte er sagen, aber seine Kehle war vor Angst wie zugeschnürt. Ein jämmerliches Krächzen war alles, was er herausbrachte.

Der Schatten wandte sich ihm zu. Seikei sah, wie seine Augen im schwachen Licht aufblitzten. Das weiße Gesicht starrte zu ihm herab. Und dann hob das Wesen einen Arm. Seikei erblickte einen kleinen Gegenstand in seiner Hand, glutrot wie ein Auge aus Feuer. Das Wesen wedelte mit dem Gegenstand in Seikeis Richtung. *Es ist ein Geist, der mich mit einem Fluch belegt!*, schoss es Seikei durch den Kopf.

Doch dann wich der Schatten zurück und wenig später wurde die Tür von außen wieder zugeschoben. Seikei fühlte sich wie zu Stein erstarrt. Keinen Muskel konnte er rühren, aber sein Herz hämmerte so heftig, als würde es ihm gleich den Brustkorb sprengen.

Sein Gehör war nun so geschärft, dass er die Insekten hören konnte, die in den Zimmerecken umherschwirrten. Und dann vernahm er plötzlich das Geräusch einer Tür, die aufglitt. Der Geist musste ein weiteres Zimmer betreten haben.

Was nun? Seikei musste handeln. Am besten stand er jetzt auf und gab Alarm. Sonst wäre es seine Schuld, wenn das Ungeheuer einen der Schlafenden verzehrte. Vielleicht gar Michiko! Seikei ballte die Fäuste und dachte an den wichtigsten Wesenszug eines Samurai – Tapferkeit. Ja, er musste es tun.

Er zwang sich aufzustehen, doch seine Beine waren schwach und zittrig. *Achte nicht auf deine Schwäche,* versuchte er, sich Mut zu machen. *Beweg dich, ohne darüber nachzudenken.* Er machte einen Schritt auf die Tür zu.

Dort angekommen, musste er sich erneut ermahnen, nicht an die Gefahr zu denken. *Für einen Samurai hat der Tod keine Bedeutung*, sagte er sich. *Denn der Tod ist aller Menschen gemeinsames Schicksal, und es spielt keine Rolle, ob er heute oder morgen eintritt.*

Er schob die Tür auf und spähte hinaus in den Gang. Am anderen Ende, dort wo die Dunkelheit am tiefsten war, sah er den Schatten vorbeihuschen. Wieder verhinderte Seikeis Angst, dass er einen Ton herausbrachte. Vor Wut stampfte er mit dem Fuß auf.

In diesem Moment begann der Schatten plötzlich im Boden zu versinken. Seikei traute seinen Augen kaum. Stück für Stück verschwand der Geist nach unten, bis nur noch seine Hörner zu sehen waren.

Und dann war er auf einmal ganz weg, ohne eine Spur zu hinterlassen.

Seikei sah sich um. Der Flur lag menschenleer und still vor ihm, alle Türen waren geschlossen. Seikei schlich zu der Stelle, an der das Untier verschwunden war. Jenseits davon gab es einen Ausgang, aber Seikei war sicher, dass diese Tür nicht geöffnet worden war. Um sicherzugehen, schob er sie auf und spähte nach draußen. Der Regen hatte aufgehört und der Mond erleuchtete den Innenhof. Niemand war zu sehen …